Deseo™

La heredera y el millonario

ROBYN GRADY

HARLEQUIN™

Editado por **HARLEQUIN IBÉRICA, S.A.**
Núñez de Balboa, 56
28001 Madrid

I.S.B.N.: 978-84-687-0936-9
Depósito legal: M-27147-2012
Editor responsable: Luis Pugni
Fotomecánica: M.T. Color & Diseño, S.L. Las Rozas (Madrid)
Impresión en Black print CPI (Barcelona)
Fecha impresion para Argentina: 22.4.13
Distribuidor exclusivo para España: LOGISTA
Distribuidor para México: CODIPLYRSA
Distribuidores para Argentina: interior, BERTRAN, S.A.C. Vélez
Sársfield, 1950. Cap. Fed./ Buenos Aires y Gran Buenos Aires,
VACCARO SÁNCHEZ y Cía, S.A.
Distribuidor para Chile: DISTRIBUIDORA ALFA, S.A.

Capítulo Uno

¿Qué era tan gracioso?

Daniel Warren apartó la vista de la impresionante rubia que sonreía, medio divertida medio con desdén, mientras miraba la maqueta que intentaba trasladar con tres de los integrantes de su equipo de arquitectos. Tenía que admitir que la maqueta era muy grande, pero Texas era enorme. El nuevo Club de Ganaderos de Texas tenía que ser una exhibición del mismo, así que unos enormes cuernos de buey sobre las grandes puertas de la entrada, forradas con piel de vaca, no le parecían ninguna exageración.

¿O sí?

Su mano derecha, Rand Marks, le dijo al oído:

—Jefe, esto pesa una tonelada. ¿Tenemos que seguir moviéndolo?

A juzgar por sus expresiones, los demás también parecían tener curiosidad acerca del retraso. Aunque no lo había. O no debía haberlo.

Daniel era conocido en el negocio no solo por su talento, sino también por su determinación. No se acordaba de la última vez que había dudado de sí mismo. Cuando lo habían invitado a presentarse a aquel proyecto había empleado sus quince años de exitosa experiencia en el negocio para realizar un diseño capaz de impresionar a los miembros de la comisión: tanto a los más antiguos, como a los modernos. No podía permitir que la mirada de una mujer lo hiciese dudar.

¿Quién era aquella mujer?

–Perdone, usted debe de ser el amigo de Abigail Langley.

A Daniel se le aceleró el corazón al oír aquella sensual voz y levantó la vista. Tenía a la rubia, con su expresión ambivalente, a medio metro de distancia. De cerca era todavía más impresionante. Iba vestida con una chaqueta de piel de color plateado y unos vaqueros. Tenía el rostro ovalado, los ojos grandes y verdes, brillantes como dos piedras preciosas, pero lo que más le gustó fue su larga melena. Era el tipo de pelo que cualquier hombre habría deseado acariciar.

Daniel apretó la mandíbula y se puso recto.

A pesar de su belleza, no le gustaba la reacción que había tenido al ver su trabajo. Había tenido mucho éxito en su carrera y, gracias a ello, había ganado mucho dinero. No tenía por qué aguantar los sutiles insultos de Miss Texas.

Apartó la mirada de sus carnosos labios y se aclaró la garganta antes de responderle:

–Sí, soy el amigo de Abigail Langley…

–Daniel Warren –dijo ella–. El famoso arquitecto que Abigail ha traído de Nueva York.

Daniel la vio arquear una ceja y se preguntó si

estaba pinchándolo o coqueteando con él. Con aquellas bellezas sureñas, uno nunca podía estar seguro.

—No sé si soy famoso, pero sí conocido —le confirmó—. ¿Conoce a Abigail?

—Aquí todo el mundo conoce a Abby. Su marido, que en paz descanse, era descendiente de Tex Langley, el fundador de este establecimiento.

La mujer se acercó un poco más y Daniel aspiró su perfume, delicado y un tanto peligroso.

—Yo apuesto porque Abigail va a ganar las elecciones —continuó ella—. Y será una buena presidenta del club, diga lo que diga el cascarrabias de Brad Price.

Un hombre de unos cuarenta años se acercó a ellos. Miró a Daniel un segundo y luego se dirigió a la mujer.

—Querida, nos esperan dentro.

—Me estaba presentando a este forastero —comentó ella, señalando a Daniel con la cabeza.

—¿Jefe?

Daniel miró a sus chicos. Se había olvidado de ellos.

—Si vas a entretenerte —le dijo Rand—, ¿te importa si vamos metiendo esto? Se me están empezando a agarrotar los brazos.

Él quitó las manos de la maqueta y dejó que los otros tres la llevasen hacia la puerta de entrada del club. Se limpió las palmas en los pantalones y le ofreció una mano a la mujer.

–Daniel Warren –le dijo.

–Elizabeth Milton –respondió ella, que aunque tenía la mano pequeña y caliente, le dio el apretón con fuerza–. Y este es Chadwick Tremain.

El hombre lo saludó con una inclinación de cabeza y, sin aceptar la mano de Daniel, agarró a Elizabeth Milton y le dijo:

–Tenemos mesa reservada.

–Ve tú delante, Chad –le contestó ella, apartándose la cascada de pelo rubio de los hombros–. Ahora entro.

El hombre arqueó las canosas cejas.

–Les dije a los Michael que…

–Chad –lo interrumpió ella, zafándose de su mano–. Te veré dentro.

Daniel creyó oír protestar al hombre antes de apretarse el nudo *windsor* de la corbata y alejarse.

–Creo que no le he caído bien a su novio –comentó él.

–¿Mi novio? –repitió ella riendo–. Chad es mi asesor financiero. Me cuida.

–¿Necesita que la cuiden?

Ella frunció ligeramente el ceño.

–Supongo que es una cuestión de opinión –le respondió ella, empezando a andar con sus botas de montar–. Habla como un norteño, señor Warren. Y viste como tal, pero me ha parecido detectar un ligero acento del sur en su voz.

A Daniel se le hizo un nudo en la garganta, pero por fuera siguió impasible. Hacía años que

6

había huido de allí y eran muy pocas las personas que se daban cuenta de que todavía le quedaba algo de acento.

–Ahora vivo en otra parte –comentó.

–¿Y no echa de menos…?

–No –la interrumpió él, sonriendo–. No.

Nueva York estaba lo suficientemente lejos del sur y de sus recuerdos. El único motivo por el que estaba allí era profesional. En cuanto terminase su trabajo, volvería a casa, y a la vida que se había construido y que le encantaba.

–Espero que tenga pensado conocer parte de Texas durante su estancia –continuó ella.

–Famosa por el Álamo, los sombreros y… los cuernos de buey.

Ella hizo una mueca al oír aquello último.

–Ah, su diseño no me ha parecido del todo mal.

Daniel deseó preguntarle cómo pensaba ella que podría mejorarlo.

Qué locura. Para empezar, el arquitecto era él y, para continuar, no iba a complicar su breve estancia allí pensando en una mujer a la que debía de sacarle diez años y con la que no tenía nada en común.

Entró en el recibidor del club, forrado de madera oscura, con los olores y el encanto del viejo mundo, y se detuvo para despedirse de ella, pero Elizabeth tenía la vista puesta en otra parte, en un cartel que había encima de la puerta de entrada.

–Supongo que Abigail le habrá hablado de esto –comentó.

Él estudió la placa y leyó las palabras que había escritas en ella:

–Autoridad, justicia y paz.

–Es el lema del Club de Ganaderos de Texas –le explicó Elizabeth muy seria, mirándolo a los ojos–. Las palabras ya son lo suficientemente fuertes como para necesitar la leyenda que las acompaña. Debería pedirle a Abigail que se la contase. Tal vez le sirva para su trabajo.

Daniel apretó la mandíbula con fuerza. Podía interpretar aquel comentario como un desaire. O podía olvidarse de su orgullo y escuchar. Si la placa tenía una leyenda detrás, tal vez pudiese ayudarlo con el diseño. Y quién mejor para hacerlo que alguien capaz de combinar unas botas de montar, a las que solo les faltaban las espuelas, con una cara chaqueta de piel y que quedase bien.

Pero, en esos momentos, Elizabeth tenía la atención puesta en el comedor. El señor Tremain estaba esperando.

–Ya nos veremos por aquí –le dijo Daniel.

Ella sonrió con tristeza.

–Yo vengo mucho.

Justo antes de que marchase, Daniel notó que el nudo que se le había hecho en el pecho crecía. En otras circunstancias, la habría invitado a tomar algo, pero en aquellas, sonrió al oírla decir:

–Buena suerte, señor Warren. Espero que disfrute de su estancia en Royal.

Y Daniel la vio alejarse balanceando las caderas. Tal vez fuese una mujer texana hasta la médula, pero no andaba como si acabase de bajarse de un caballo. De hecho, se movía con la elegancia de una modelo, con la gracia de un gato.

Sonrió.

Sí. Elizabeth Milton era toda una mujer.

Un segundo antes de verla desaparecer, decidió llamarla:

–¡Señorita Milton!

Ella se giró.

–Me preguntaba si podría recomendarme algún buen sitio para comer. Que no sea el club, quiero decir.

A ella le brillaron los ojos.

–Podría recomendarle varios, señor Warren.

–En ese caso, ¿le gustaría cenar conmigo? Me interesaría oír esa leyenda.

Ella se mordió el labio inferior.

–Con una condición –le dijo.

–¿Qué no hablemos de la reforma del club?

Ella se echó a reír.

–Todo lo contrario. Me encantaría escuchar sus ideas.

–En ese caso, solo tiene que decirme el sitio y allí estaré.

–A unos treinta kilómetros de Royal, en el rancho Milton. ¿Qué tal sobre las siete?

–¿Me está invitando a cenar a su casa?

–Confíe en mí, señor Warren –respondió ella, dándose la vuelta–. Le encantará la experiencia.

Al entrar en el comedor del club, varias personas levantaron la vista. Elizabeth conocía a casi todo el mundo y todos sonreían cariñosamente al verla.

Había habido una época en la que había querido marcharse de Royal, pero tenía la sensación de que de eso hacía mucho tiempo.

En realidad solo habían pasado cuatro años desde la muerte de sus padres y desde que su vida había cambiado bruscamente. Aunque, sinceramente, estaba agradecida de que sus padres hubiesen tomado las medidas necesarias para que no se alejase de sus raíces.

Si incumplía las condiciones del testamento y pasaba más de dos meses al año fuera de casa, perdería la mayor parte de la herencia, no solo el rancho sino en cierta manera parte de su identidad, ya que se había dado cuenta de quién era y de que quería seguir siéndolo.

No obstante, no podía negar que después de conocer a Daniel Warren, volvía a tener ganas de conocer otros lugares.

Mientras le daba su abrigo al *maître* pensó que Daniel era diferente. Divertido. Misterioso y elegante.

Y con la modernidad de Nueva York.

Abigail le había comentado que era un arquitecto de mucho éxito. Tenía que haber viajado mucho. Debía de ser un hombre de mundo.

Ella no tenía nada en contra de los hombres texanos, se dijo mientras se dirigía a su mesa habitual, que estaba en un rincón, junto a un ventanal. De hecho, cuando pensase en formar una familia, lo más probable era que lo hiciese con alguien de la zona. Al menos, era más probable que un texano comprendiese su situación y la apoyase en su compromiso de mantener el rancho Milton. Lo que dejaba fuera de su alcance a los guapos arquitectos de Nueva York.

En cualquier caso, aquel le gustaba.

Chad se puso en pie al verla acercarse.

—Ya iba a ver por qué tardabas tanto —le dijo, apartándole la silla.

—No iba a marcharme a ninguna parte —replicó ella en tono dulce, pero mordaz.

—Yo solo…

—Ya lo sé.

Elizabeth se tragó el malestar y tomó la carta, pero Chad no iba a dejarla en paz.

—Elizabeth, es mi obligación cuidar de ti.

—No soy una niña —le recordó ella.

Había sido designado su asesor financiero cuando ella tenía veintiún años, por medio del testamento, pero ya habían pasado varios años y era más sensata y mucho más responsable que entonces.

—Tus padres solo pensaron en lo que era mejor para ti cuando me nombraron tu asesor.

11

Chad se inclinó hacia ella, para añadir algo más, pero el camarero llegó y les tomó nota: carne para él y una ensalada de aguacate y nueces para ella. Chad estaba pensativo. Tardó unos segundos en añadir:

–Ese hombre… El señor Warren…

–Es el arquitecto de Abigail Langley –dijo ella, conteniendo una sonrisa y tomando su vaso de té con hielo–. Estoy deseando ver cuál es el resultado de las elecciones en el mes de diciembre.

Chad resopló.

–Si Abigail piensa que va a ganar votos gracias a un diseño así, está soñando.

Elizabeth estaba de acuerdo con él acerca del diseño.

–Yo pienso que tiene tanto derecho como cualquiera a presentarse a las elecciones. Si no fuese por sus antecesores, el club no existiría.

–Sé que puede sonar sexista, pero es un club de ganaderos, no de ganaderos y ganaderas.

–Pues tal vez debería cambiar.

–Los cambios no siempre son buenos, Elizabeth. A veces, conducen a la discordia. A la ruina.

Y a veces eran necesarios.

Incluso emocionantes, pero Elizabeth no iba a gastar más saliva, en su lugar, le dio un sorbo a su té.

–¿Ya conocías al señor Warren? –le preguntó Chad.

–No –respondió ella, dejando el vaso en la mesa.

–Parece agradable.

–Sí.

–Pero no confío en él.

Elizabeth ya no podía más, miró a su asesor a los ojos.

–Fuiste un buen amigo de mis padres, y te considero también mi amigo, pero ya basta. ¿De acuerdo?

–Es solo… Elizabeth, ya sabes que me preocupo por ti.

Chad alargó la mano por encima de la mesa y ella apartó la suya y la posó en su regazo. Sí, Chad se preocupaba por ella, más de lo que le habría gustado. Era demasiado serio y estirado, no era su tipo en absoluto.

¿No se daba cuenta de que no le interesaba lo más mínimo?

De hecho, a pesar de haber sido designado por sus padres, si hubiese existido la posibilidad de despedirlo, lo habría hecho, pero no podía. Al menos, hasta que cumpliera treinta años.

–¿Dónde está el señor Michael? –preguntó, mirando a su alrededor en busca del director del banco.

–Va a llegar tarde –respondió Chad–. Había pensado en repasar las cifras de las principales anualidades mientras esperamos.

Elizabeth bebió té y escuchó cómo Chad le daba cifras, hasta que unos minutos después su voz empezó a pasar desapercibida entre los demás sonidos: choques de vasos, ruido de cubiertos, personas charlando y riendo. Y de repente, a través de la jarra que había en el centro de la mesa, vio aparecer un rostro.

Un pelo moreno y brillante. Tal vez algún rasgo latino. Y unos ojos verdes llenos de preguntas y posibilidades. Luego estaba ese aire seguro que irradiaba fuerza, pero que también dejaba ver un lado más vulnerable, si no se equivocaba. Casi no conocía a Daniel Warren y, no obstante, tenía algo que le aceleraba el corazón.

¿Qué diría Chad si se enteraba de que lo había invitado a cenar?

–¿Elizabeth?

Sorprendida, miró a su compañero de mesa.

–Lo siento, Chad. ¿Qué decías?

–Que hemos recibido otra oferta para comprar el rancho. De unos promotores, por supuesto. Pero ya les he dicho que la propiedad no está a la venta.

Ella contuvo un suspiro.

–Gracias, pero puedo hablar yo con ellos. Aunque estuviese en posición de vender, tengo claro dónde está mi corazón.

Mientras hablaba, vio con el rabillo del ojo, reflejado en la ventana, a Daniel Warren acompañado de Abigail, que parecía preocupada. Él la miró también a través del espejo y Elizabeth bajó la cabeza y sonrió.

Estaba deseando cenar con él esa noche.

–¿Querida? ¿Estás bien?

Ella arrugó la servilleta y clavó la vista en Chad, que la miraba con curiosidad. ¿O era sospecha?

–Te he dicho que sé dónde está mi corazón –le repitió, apartando a Daniel Warren de su cabeza–. Y está aquí, en Royal.

Capítulo Dos

Esa noche, al llegar en su todoterreno de alquiler al camino que daba al rancho Milton, Daniel se quedó sin respiración y con la boca abierta.

Normalmente, en aquel tipo de situaciones, su instinto profesional lo obligaba a analizar la casa. Esa noche, no fue el edificio principal lo que llamó su atención, sino otra cosa.

¿Eran flamencos?

Los pájaros de plástico rosa y blanco estaban estratégicamente colocados debajo de un bonito magnolio. Daniel se frotó la nuca.

–Llegas justo a tiempo.

Daniel se giró y vio a Elizabeth apoyada en la enorme puerta de su casa.

Había sustituido las botas de montar por unos refinados tacones, a juego con un elegante y corto vestido negro. Y se había recogido la melena rubia de manera graciosa, pero informal. Se estaba abrazando a sí misma por la cintura y tenía una curiosa sonrisa en los labios.

La única cosa fuera de lo normal que llamó su atención fue el cinturón de cola de zorro que llevaba a la cintura.

Daniel no supo si pesaban más los flamencos o el estilo country.

—¿Se va a quedar ahí toda la noche, señor Warren? Estamos en octubre, pero hace frío.

—Estaba admirando su… decoración.

—¿Los flamencos? ¿Bonitos, verdad?

Al ver que él no respondía, Elizabeth continuó:

—Son prestados, tonto. Es una manera de recaudar fondos para una buena causa. Aparecen una mañana en tu jardín y desaparecen cuando haces una donación y entonces se los llevan a otro jardín.

Daniel cerró la puerta del coche y suspiró aliviado.

—Pues creo que debería poner esa donación en su lista de prioridades.

Al acercarse, su dulce aroma volvió a invadirlo. Sintió calor por todo el cuerpo y deseó acercarse más, pero entonces otro olor le llamó la atención. Hasta entonces, no se había dado cuenta del hambre que tenía.

—¿Ha estado cocinando?

Ella se apartó para que pasase al vestíbulo.

—Tengo órdenes estrictas de dejar todo lo relacionado con la cocina en manos de la experta de la casa —le dijo, tomando su abrigo y guardándolo en un armario—. Nita lleva en casa en la familia desde antes de que yo llevase coletas. No sabría qué hacer sin ella.

Lo condujo a un salón elegantemente amue-

17

blado, pero a él solo le interesaba lo bien que le sentaba aquel vestido a su anfitriona.

–¿Quiere tomar una copa antes de cenar? –le preguntó ella, acercándose a un bar de madera–. ¿Tal vez un Manhattan?

Él sonrió.

–No, gracias, pero me tomaría una cerveza.

–En ese caso –dijo ella, sacando una cerveza helada de debajo de la encimera–, será una cerveza local.

–¿Voy a beber solo?

–No, pero yo prefiero las burbujas –respondió Elizabeth, levantando una botella ya abierta que tenía en una cubitera de plata.

Daniel leyó la etiqueta.

–Un buen champán.

–¿Sabe de vinos? –dijo ella. Era más una afirmación que una pregunta.

–Sé lo que es bueno.

Y, al parecer, ella también.

–Entonces, ¿sirvo dos copas?

–Ya lo hago yo.

Elizabeth buscó dos copas de champán. Daniel llenó la primera, se la dio, y luego se llenó la suya. Ella levantó la copa para brindar y sus ojos brillaron como diamantes, lo mismo que su pelo.

–Brindemos –dijo–. Porque su diseño ayude a Abby a ganar las elecciones.

A él se le encogió el pecho.

–Entonces tendré que cambiarlo.

Ella lo miró de manera comprensiva.

–¿No le ha gustado a Abigail?

–Ha sido demasiado educada como para decírmelo, pero estoy seguro de que no le ha gustado nada. Me temo que me he dejado despistar por alguien del equipo contrario.

–A Brad Price no le importa jugar sucio. ¿Qué le ha dicho exactamente Abby?

Él prefería no entrar en detalles.

–Su expresión lo ha dicho todo. Era un diseño excesivamente estereotípico, que recordaba demasiado a los viejos tiempos –admitió.

Demasiado malo.

–Sé que la comisión quiere que se mantenga el ambiente original del club –continuó–, pero situándolo al mismo tiempo en el siglo XXI. Tengo que encontrar un equilibrio entre ambas cosas.

Elizabeth le dio la vuelta a la barra y su aroma volvió a invadirlo. Daniel tuvo que contenerse otra vez para no acercarse más y respirar profundamente.

–Me da la sensación de que ya tiene alguna idea –comentó ella.

–Usted ya las tenía esta mañana.

–Debo confesar que me fascina el diseño.

–¿Lo ha estudiado?

–No oficialmente.

Elizabeth se apoyó en la barra.

–Soy licenciada en psicología y literatura –le contó.

–Yo habría dicho que había estudiado empresariales, sabiendo que algún día tendría que llevar todo esto.

Además, Abigail le había dicho que era hija única.

La mirada de Elizabeth se apagó un poco al tiempo que la bajaba a sus pies.

—Por aquel entonces no me interesaba el rancho. Cuando mis padres murieron, empecé a ver las cosas de otra manera. Siempre hay tiempo para seguir estudiando.

Él dejó su copa con cuidado.

—Abigail me ha contado lo de sus padres. Lo siento.

Al parecer, habían sufrido un trágico accidente de tráfico.

Ella asintió y luego volvió a enderezar los hombros.

—¿Y usted, señor Warren? ¿Tiene familia?

A Daniel se le hizo un nudo en el estómago. No quería hablar de su pasado con nadie, pero antes de que le diese tiempo a cambiar el tema de la conversación, los interrumpieron.

—Siento molestar, chicos —dijo una mujer de unos sesenta años que iba ataviada con un delantal estampado y unas zapatillas a juego—. Solo quería deciros que la cena está servida.

Elizabeth fue hacia ella.

—Nita Ramírez, este es el señor Warren. El arquitecto de Nueva York del que te he hablado antes.

—Por favor, Elizabeth, Nita, llamadme Daniel

–les pidió este, dándole la mano a la cocinera–. Ya me han dicho que es usted una excelente cocinera.

Nita se atusó la media melena morena.

–Gracias a ese cumplido podrás repetir de postre, Daniel. ¿Te gusta la tarta de queso con manzana y caramelo?

Él estuvo a punto de relamerse.

–Es mi debilidad, estoy deseando probarla.

Nita le guiñó un ojo y luego se dirigió a Elizabeth:

–La cena está servida, Beth. Voy a encender la chimenea.

Mientras Nita salía por la puerta, Elizabeth le ofreció el brazo a su invitado.

–Espero que tengas hambre.

Al final de la cena, Elizabeth se limpió las comisuras de los labios con la servilleta más para ocultar su sonrisa que por otros motivos.

Un hombre como Daniel debía de estar acostumbrado a cenar en los mejores restaurantes del mundo y, a pesar de que sus invitados siempre alababan a Nita, la reacción de su actual invitado a las costillas asadas y a la ensalada de patata no tenía precio.

Era evidente que a Daniel Warren le gustaba la buena comida casera.

–Seguro que hay más –le dijo–, si te has quedado con hambre.

Él dejó el tenedor y el cuchillo en el plato.

–Es toda una tentación, pero prefiero dejar hueco para el postre.

–Te advierto que la tarta de queso con caramelo y manzana es adictiva.

–Yo creo que uno nunca se cansa de las cosas buenas.

Luego la miró a los ojos un segundo más de lo necesario y Elizabeth sintió calor y tuvo que bajar la vista.

No solía entrarle la risa nerviosa, ni se ruborizaba como una colegiala cuando un hombre coqueteaba con ella, pero con Daniel tuvo una sensación nueva y muy placentera.

A lo largo de la cena, mientras charlaban de música, política, del tiempo, cada vez se había ido sintiendo más atraída por él. Cuando la miraba como la acababa de mirar, le entraba un cosquilleo por todo el cuerpo.

Sinceramente, lo que quería era suspirar largamente y abanicarse.

Se sentía más como una adolescente que como una mujer.

Cuando notó que los pezones se le empezaban a endurecer, dejó la servilleta y respiró hondo para tranquilizarse.

–Supongo que no cocinas –le dijo a Daniel.

–No mucho –admitió él–. La verdad es que nada.

–Y yo que ya te estaba imaginando en la cocina, preparando unos caracoles.

–¿Te gustan? –preguntó él, haciendo una mueca.

–Solo los como en una cafetería de París –respondió ella–. ¿Has estado en París?

–¿Yo? Claro. Es una ciudad muy bonita. Aunque siempre me alegro de volver a casa.

–¿A Estados Unidos?

–A Nueva York.

Elizabeth estuvo a punto de fruncir el ceño. La precisión no tenía nada de malo. Aunque tal vez Abigail le hubiese hablado de algo más que del accidente de sus padres. A lo mejor le había contado cuáles eran las condiciones del testamento.

Aunque era poco probable, Abigail no traicionaría su confianza y, aparte de ella... Chad Tremain tampoco podía habérselo dicho.

Elizabeth intentó concentrarse de nuevo en la conversación.

–Nueva York también tiene restaurantes increíbles.

–En ninguno sirven comida como esta.

–¿Tu madre es buena cocinera?

La sonrisa de Daniel se heló un instante antes de que este tomase su copa de vino.

–Sabía cocinar.

–¿Tus padres siguen viviendo en Carolina del Sur?

–No.

Daniel se levantó de la silla y miró a su alrededor.

–La decoración es muy interesante.

–Es campestre –respondió ella, sin pensar en la decoración, sino más bien en que Daniel había evitado hablar de su familia.

No iba a insistir.

Aunque sintiese curiosidad, respetaba su intimidad.

–Mi madre redecoró varias partes de la casa, aunque no este salón. Le gustaba porque le parecía acogedor. Solía decir que la familia tenía que reunirse alrededor de la mesa. No solo a comer, sino también a hablar, a escuchar y a hacer planes.

Daniel siguió sonriendo.

–Una idea maravillosa, tradicional –dijo, mirando hacia la pared del fondo–. Esos paneles de madera oscura son casi idénticos a los del club.

–Es posible que procedan del mismo árbol. Tanto el rancho como el club se remontan a la época de Buffalo Bill.

–Me ha parecido oír resignación en tu voz.

–Qué va.

–A mí me lo ha parecido.

–Pues te equivocas. Lo que has oído era respeto.

–¿Así que no tienes ningún plan secreto de convertir el rancho en un casino, o en una urbanización de esas que hay por todas partes?

Ella rio y se preguntó si estaría hablando en serio.

–Qué idea tan curiosa. Por supuesto que no.

–Pero te gustaría realizar algunos cambios, ¿no?

Elizabeth esbozó una sonrisa ensayada, apoyó el codo en el brazo de la silla y jugó con su pendiente de diamantes.

–¿También sabe leer la mente, señor Warren?

–Daniel.

Sabiendo que había hablado en tono áspero, Elizabeth amplió la sonrisa.

No le gustaba cómo pensaba el arquitecto. Ni sus preguntas.

Lo que ella opinase acerca de las tradiciones era solo asunto suyo, igual que el pasado de Daniel solo le concernía a él.

Pero respondió a sus preguntas, a su manera.

–Creo que ha llegado el momento de que el club renueve algunas de sus normas, pero no me imagino ningún cambio en el rancho. A mis padres les gustaba así –dijo, tomando su copa–. Y a mí, también.

Independientemente de lo que pusiese en el testamento, nunca vendería el rancho, en especial, a un promotor inmobiliario.

–¿Quién quiere postre? –preguntó Nita, apareciendo en el salón e interrumpiendo sus pensamientos.

–Yo voy a esperar a digerir un poco el delicioso asado –respondió Daniel, dándole su plato–. Era una ración muy generosa.

–Un hombre se merece que lo satisfagan al final del día.

Elizabeth fulminó a Nita con la mirada al oír aquello, pero esta se limitó a sonreír de manera inocente.

Todo el mundo sabía que a Nita le encantaba hacer de celestina, pero esa noche no iba a conseguirlo.

Elizabeth se sentía sexualmente atraída por Daniel, pero este estaba solo de paso. Hasta era posible que tuviese novia en Nueva York. Tal vez dos.

Y aunque ella quería casarse, todavía le faltaba mucho tiempo para hacerlo. Solo tenía veinticinco años.

Con los platos en la mano, Nita sugirió desde la puerta:

–Deberíais ir a dar un paseo. A quemar un poco la cena.

Elizabeth se puso en pie.

–Estoy segura de que Daniel prefiere ver el resto de la casa.

A ver si algo lo inspiraba para su proyecto.

–Pues me gusta más la idea de Nita –admitió él, ofreciéndole el brazo–. Vamos a dar un paseo.

Diez minutos después, de camino a los establos, Daniel miró de reojo a su acompañante, que se había cambiado los tacones por unas polvorientas botas y se había abrigado con un grueso abrigo de trabajo.

Estudió su perfil perfecto y decidió que estaría guapa con cualquier cosa.

Luego levantó la vista al cielo. Nunca había visto tantas estrellas.

–¿Cuánto terreno tienes? –preguntó.

–Mil doscientas hectáreas –respondió ella orgullosa.

–Debe de ser todo un reto.

–Al que estoy preparada a enfrentarme. Aunque el aumento de los costes y la falta de trabajadores experimentados me lo ponen difícil –admitió.

–Va ser un camino largo y difícil.

–Mis padres me dejaron el dinero suficiente para mantenerlo. Y yo llevo el rancho en la sangre.

–¿Así que creciste aquí?

–Cuando no estaba en el internado.

–¿Un internado cerca de casa?

–Al principio en Houston. Durante la adolescencia, en el extranjero. En Suiza, en Francia.

–Donde cenabas moluscos salteados.

Caracoles.

–*Helix pomatia*, para ser precisos –replicó ella en tono burlón.

–Vaya, veo que tus padres no tiraron el dinero mandándote a esos internados.

–Recibí una estupenda educación. Y viví experiencias maravillosas. Hice amigas para toda la vida.

–Y seguro que sigues viajando mucho.

Antes de que la luna desapareciese detrás de una nube, Daniel se dio cuenta de que su sonrisa se apagaba un instante.

–Estoy muy ocupada con el rancho.

–Supongo que es mucha responsabilidad –comentó él.

–Tengo personas que me ayudan aunque, cada vez más, prefiero más hacer yo misma las cosas.

–¿De verdad?

–¿Por qué te sorprende?

–Si te soy sincero… casi todo en ti me sorprende.

Ella sonrió.

–Me alegro.

Un segundo después escucharon un relincho procedente del establo.

–Este edificio reemplazó al original hace una década –le contó Elizabeth–. Hubo un incendio. No perdimos ningún caballo, gracias a Dios, pero papá hizo reconstruir el establo con los mejores materiales y las mejores medidas de seguridad.

Entró y encendió una luz.

Luego señaló una fotografía enmarcada que había en la pared.

–Este no huele igual –dijo–. La sensación no es la misma, pero es más fácil de limpiar y tiene mucho más espacio.

Recorrieron el lugar y Elizabeth se detuvo delante de un magnífico ejemplar negro, que la saludó apoyando el hocico en su hombro. Ella lo acarició y le habló en susurros con tanto cariño que Daniel deseó que se lo hubiese hecho a él.

–Este es Ame Soeur –le contó ella con adoración.

–Parece que sois buenos amigos.

–Los mejores. Intento montarlo todos los días.

–Salvo cuando no estás aquí.

Ella dejó de acariciarlo un instante, se sacó una manzana del bolsillo para dársela al caballo y le preguntó:

–Daniel, ¿te ha contado Abby algo?

–¿Algo? ¿De qué?

Ella lo miró a los ojos unos segundos y luego posó la vista en el animal.

–De nada. No importa.

Daniel se acercó y ella se sacó otra manzana.

–¿Quieres dársela tú?

–Tal vez luego.

–Hoy en día utilizamos mucho los todoterrenos y las motos, pero a mí me gusta ir a examinar el ganado y el vallado con Ame.

–En estos momentos lo que más me interesa es saber qué pensabas que me había dicho Abigail.

No podía ser nada siniestro, pero no entendía por qué Elizabeth parecía, de repente, nerviosa.

–Y si quieres que retroceda, dímelo.

Ella lo miró un instante antes de suspirar.

–Mis padres incluyeron una condición en su testamento –le dijo–. Estoy obligada a quedarme aquí, en Royal, durante la mayor parte del año.

Daniel frunció el ceño.

–¿Cuánto es gran parte del año?

–Solo puedo estar fuera de aquí dos meses al año.

Él se tomó unos segundos para digerir la información.

–¿Y si estás fuera, digamos, dos meses y un día?

–Pierdo la herencia.

A Daniel le entraron ganas de reír.

–¿Es una broma? ¿Perderías el rancho?

–Hay motivos…

–Yo a ese motivo lo llamo chantaje.

Elizabeth puso gesto de disgusto.

–Mis padres no me chantajearon.

–¿Cómo lo llamas tú, cuando alguien te amenaza con quitarte lo que más quieres si no haces lo que te pide?

Él era un experto en el tema.

Durante su niñez y después del divorcio de sus padres, ambos lo habían chantajeado para que no viese al otro.

Y había terminado no queriendo ver a ninguno de los dos.

Cerró los puños dentro de los bolsillos del abrigo al mismo tiempo que ella levantaba la barbilla.

–No es chantaje. Se llama transferencia de responsabilidad.

«Pobre señorita Milton», pensó Daniel sacudiendo la cabeza.

–Eres muy joven.

–Soy una adulta y dirijo mi vida lo mismo que tú.

–Por eso sigues haciendo lo que tus padres te dicen.

Ella lo fulminó con la mirada.

–¿Te criaste en un ambiente como este? –le preguntó.

–Siempre me negué a tener nada que ver con el dinero de mis padres.

Con sus sobornos. Era un hombre hecho a sí mismo.

–¿Rechazaste el dinero de tus padres? –le preguntó ella–. No. Claro que no me entiendes.

–Lo que entiendo es que te engañas a ti misma si piensas que llevas las riendas de tu propia vida –le respondió él–. Yo creo que estás atrapada aquí.

Era evidente que le gustaba viajar. Conocer otros países. Conocer gente.

¿Para qué quería el dinero si no podía disfrutarlo?

–¿Es ese el motivo por el que no ves a tus padres, Daniel? –le preguntó tan tranquila–. ¿Porque no te gustan las ataduras? ¿Porque quieres ser tú quien tenga el control?

Él sonrió de medio lado y se emocionó. Elizabeth Milton no sabía nada de él. Y él no tenía que haberla animado a hablar de aquello. Había sido un error.

–Ha sido una velada estupenda –le dijo también con calma–, pero tengo que marcharme.

Ella asintió.

–Seguro que te tienes que levantar temprano, como yo.

–Dale las gracias a Nita por la cena.

–Buena suerte con el proyecto.

–Te acompañaré a la casa.

–No es necesario. Me conozco el camino de memoria.

Él salió del establo, la oyó cerrar la puerta. Había dado una docena de pasos cuando Elizabeth lo llamó.

–Daniel. Quiero que sepas que soy feliz aquí.

Él se giró para mirarla.

–A veces tiene sus inconvenientes –añadió–, pero ya me he acostumbrado.

–Me alegro –respondió él. No era asunto suyo–. Buenas noches.

Volvió a girarse, pero ella continuó:

–No me crees.

–Lo que yo piense da igual.

–Es solo hasta que cumpla los treinta.

Con treinta años, él ya tenía mucho éxito y era feliz por sus propios méritos, pero, una vez más, no era asunto suyo.

–No me tienes que convencer.

–No quiero que sientas lástima por mí. Tengo

todo lo que cualquier persona podría querer o necesitar.

–Pero no incluyas la libertad en esa lista.

–No es una limitación.

–¿No?

–No.

Él pensó que era una mentirosa.

Se dispuso a decírselo y volvió hacia ella, pero en vez de hablar, la abrazó por la cintura y la besó.

La sujetó con fuerza mientras ella lo empujaba del pecho. No podía permitir que ambos terminasen la noche sintiéndose insatisfechos.

La vida era mucho más que dos meses al año y se lo iba a demostrar.

Poco a poco, Elizabeth dejó de empujarlo y empezó a agarrarlo. Su cuerpo se relajó y dejó de resistirse. Y, lo mejor, separó los labios a modo de invitación. Daniel se sonrió a sí mismo.

Le encantaba tener razón.

Pero entonces se dio cuenta de que había algo que lo preocupaba. No podía tener nada con Elizabeth Milton, sobre todo, en esos momentos.

¿Qué había hecho?

Capítulo Tres

Mientras se derretía contra aquel muro de calor, Elizabeth solo pudo pensar que nunca había sentido nada igual.

Disfrutó de la magia del momento metiendo las manos por debajo del abrigo de Daniel y apoyándolas en su sólido pecho mientras él la abrazaba con más fuerza.

Le latía tan rápidamente el corazón que tuvo miedo de que le explotase. Aquel hombre desataba en su interior tal torrente de emociones que casi no podía ni respirar.

Suspiró.

Daniel Warren no podía besar mejor.

Notó sus dedos calientes en la nuca justo antes de que dejase de besarla.

Había llegado el momento de abrir los ojos y preguntarle qué creía que estaba haciendo, abalanzándose sobre ella y haciendo que sucumbiera, pero se sentía como si estuviese flotando y solo quería que la volviese a besar.

—¿Elizabeth?

Su suave voz le acarició el oído y, cuando notó su mano en la mejilla, se puso a temblar e inclinó la cabeza hacia ella.

Notó el calor de su respiración en la frente y separó los labios involuntariamente mientras levantaba la cabeza hacia él.

–Elizabeth, no puedo decir que no lo deseara –murmuró Daniel con voz profunda–, pero no debía haberte besado.

Ella volvió poco a poco a la realidad. Entonces, de repente, notó que se le encogía el pecho y abrió los ojos. Daniel la estaba mirando, parecía arrepentido.

Y Elizabeth se preguntó qué pensaría de ella. Nunca se había sentido tan vulnerable.

Ni tan viva.

Tomó aire, bajó los brazos, que todavía estaban alrededor de su cuello, y retrocedió un paso.

El frío de la noche la envolvió al separarse de él. Temblorosa, se apretó el abrigo contra el cuerpo.

–No hace falta que te disculpes –le respondió, evitando su mirada–. Son cosas que pasan.

–Quiero que sepas que no tengo por costumbre actuar así –dijo él, pasándose una mano por el pelo–. Debe de haber algo en el ambiente.

Elizabeth cerró los ojos y se encogió. Si pudiese dar marcha atrás en el tiempo y borrar esos últimos segundos, lo haría sin dudarlo.

Ya era bastante malo haberse rendido así ante él. ¿Por qué, además, tenía que humillarla lamentándolo?

–Daniel, no te preocupes, yo no le voy a dar

más vueltas –le dijo–. No es la primera vez que me besan.

Él no respondió, no se movió, pero sus ojos brillaron bajo la luz de la luna, y ella se preguntó si iba a marcharse o si iba a decirle que tal vez la hubiesen besado antes, pero no de aquella manera.

–Cuídate.

Con el corazón retumbándole en los oídos, Elizabeth vio cómo Daniel se alejaba en la oscuridad.

Unos segundos después oyó el motor de su todoterreno al arrancar. Esperó, sola entre las sombras, hasta que el ruido se apagó por completo.

Luego metió su rostro entre las manos y se maldijo por haber sido tan tonta.

¿Cómo había podido compartir una información tan confidencial con un extraño? Y cuando Daniel la había contradicho con respecto a la moralidad del testamento de sus padres, ¿por qué no se había echado a reír en vez de ponerse a la defensiva? Sabía cuál había sido su decisión. Y sabía que había hecho lo que quería.

Hacía lo que quería.

Y entonces…

Entonces la había besado.

Se le volvió a hacer un nudo en el estómago. Se había entregado tan pronto a él que le daba miedo y, al mismo tiempo, le gustaba.

Había sido el tipo de beso que una mujer recordaba durante años. El tipo de beso que hacía que una cerrase los ojos y suspirase satisfecha.

Echó a andar mientras se tocaba los labios y sonreía.

Tal vez Daniel pensase que tenía derecho a darle su opinión acerca de un tema que no le concernía lo más mínimo, pero lo cierto era que se trataba del mejor espécimen con el que Elizabeth había topado en toda su vida. No solo por lo atractivo que era, ni porque dominase tan bien el espacio en el que estaba.

A pesar de sus diferencias, y tenían unas cuantas, Elizabeth había disfrutado de su compañía. De su risa sensual y profunda. Era una tontería, pero, no obstante, no podía evitar preguntarse...

¿Y si él viviese en Texas o ella en Nueva York? ¿Y si sus orígenes o sus metas hubiesen sido parecidos?

¿Y si, en vez de disculparse por su comportamiento, Daniel le hubiese pedido otro beso?

Elizabeth entró en la casa por el patio trasero, se quedó inmóvil y suspiró. Tenía que haberse imaginado que no estaría sola.

—Pensaba que le había gustado la cena —comentó Nita con el ceño fruncido nada más verla entrar.

Tenía dos tazas en las manos.

—Me ha dicho que te dé las gracias —respondió Elizabeth, dirigiéndose hacia su habitación—. Ahora, si me disculpas, estoy cansada.

–No me extraña –respondió Nita–. Son más de las nueve.

Elizabeth miró a Nita al pasar por su lado.

–Ha sido un día muy largo.

–Es verdad. No pasa nada. Si no quieres contarme lo que ha pasado…

–No vas a querer saberlo –le dijo ella.

–Se me da muy bien escuchar –contestó la otra mujer, acercándose con las tazas de chocolate caliente–. Lo he preparado cuando he oído que arrancaba el coche.

Elizabeth se dio cuenta de que no tenía escapatoria y se sentó en un taburete.

Tomó la taza que Nita le ofrecía y se calentó las manos con ellas, pero en vez de contarle lo que había ocurrido con Daniel, le preguntó:

–¿Te sorprendió el testamento de mis padres? ¿Te había contado algo mamá al respecto?

–Yo pienso que fue más bien idea de tu padre –le dijo Nita, sentándose también–. El rancho era de su familia. El abuelo Milton era un hombre rudo, que siempre hablaba de las responsabilidades de tu padre. Supongo que este pensó precisamente en eso cuando redactó el testamento.

–Tenía que haber sabido que yo jamás abandonaría el rancho. Es mi casa.

–Siempre fuiste muy aventurera –le dijo Nita, llevándose la taza a los labios–. Tal vez las cosas no hayan cambiado tanto.

Elizabeth supo lo que su amiga le quería decir. No podía negar que esa noche había invitado a cenar al arquitecto neoyorquino con la idea de experimentar algo diferente y emocionante.

Y tenía que admitir que las cosas se le habían ido un poco de las manos cuando se habían puesto a discutir.

Pero que se hubiese dado un beso con él no significaba que no fuese a cumplir con su deber.

–Nunca decepcionaría a mis padres –dijo, tanto para sí misma como para Nita.

Aunque en ocasiones…

Intentó tragarse el nudo que se le había hecho en la garganta y se concentró en su taza de chocolate.

–¿Alguna vez te has preguntado si la restricción del testamento de mis padres era justa?

–No estoy segura de que sea esa la pregunta que debas hacer –le dijo Nita–. Si decidieses marcharte, Beth, todavía tendrías mucho por vivir.

–Durante los últimos años, nunca he pensado en vivir en otro lugar. Algún día me gustaría casarme, tener una familia.

–Yo estoy deseando que lo hagas.

Elizabeth sonrió un instante y luego volvió a ponerse seria.

–¿Crees que mis padres esperarían que yo pusiese esa misma condición en mi testamento?

No sabía si iba a ser capaz de hacerle algo así a sus hijos. Y si estos la odiarían si lo hacía.

Elizabeth notó que el nudo de la garganta crecía.

–Estoy hecha un lío –admitió.

–Eso es porque has estado con un hombre guapo. Y agradable. Además de inteligente –comentó Nita–. Divertido…

–Daniel Warren tiene su vida en Nueva York –la interrumpió ella, poniéndose en pie–. Y, de todos modos, solo hace un día que nos conocemos.

Nita asintió.

–¿Sabes que estuve a punto de casarme?

Elizabeth volvió a sentarse.

–No me lo has contado nunca.

–Había ido con mis amigas a celebrar mi veintiún cumpleaños a un bar de Dallas. Me robó el corazón con una mirada. Estuvimos toda la noche bailando y cuando me llevó a casa, me acarició la mejilla y me besó. Pensé que iba a desmayarme –le contó Nita con los ojos húmedos–. Supe que era él y cuando, dos semanas después, me pidió que me casase con él, le dije que sí.

–¿Y qué pasó? –quiso saber Elizabeth.

–Que lo llamaron a filas. Y nunca volvió.

A Elizabeth se le encogió el corazón al oír aquello.

Tomó la mano de su amiga.

–Lo siento mucho.

–Lo cierto es que prefiero haber pasado esas dos maravillosas semanas con él que toda una vida con otro –admitió antes de aclararse la garganta y ponerse en pie–. Será mejor que te vayas a la cama. Que duermas bien, Beth.

Nita la dejó sola y ella se dijo que quería volver a ver a Daniel, pero tal y como se había marchado esa noche, disculpándose por haberla besado, tal vez él no tuviese ningún interés en volver a verla.

Dejó de fruncir el ceño y sonrió.

Lo ayudaría a decidirse.

Capítulo Cuatro

A la mañana siguiente, Daniel entró en la cafetería Royal deseando tomarse un café. Al parecer, el conserje del hotel le había recomendado el mismo sitio a sus chicos.

Vio a Rand sentado a una mesa con un plato de huevos con jamón delante. Se acercó a él, que lo saludó levantando el tenedor.

—Anoche te echamos de menos en la cena.

Daniel se sentó y contuvo un bostezo. No había pegado ojo en toda la noche.

—Os dejé un mensaje —contestó.

—¿Tenías un plan mejor? —preguntó Rand sonriendo.

—Más o menos.

—Con esa belleza de la chaqueta de piel.

—Se llama Elizabeth Milton.

—Me da igual cómo se llame.

La camarera se acercó con una jarra de café en la mano. Le sirvió una taza que olía deliciosamente y preguntó:

—¿Qué vas a tomar, cielo?

—Con el café es suficiente —respondió él, dejando a un lado la carta.

Le habían dicho que allí todo estaba bueno,

pero no tenía apetito. Solo podía pensar en lo que Nita le habría preparado a Elizabeth esa mañana.

Se había pasado toda la noche dando vueltas, sin poder sacarse a Elizabeth de la cabeza.

Ni el beso.

No obstante, no volvería a ocurrir. Después de haber pasado la niñez de casa de su padre a casa de su madre, no podía tolerar la situación de Elizabeth.

Aunque siguiese pareciéndole atractiva, interesante y encantadora, lo cierto era que le había perdido un poco el respeto. Si sus padres hubiesen intentado chantajearlo a la edad a la que habían chantajeado a Elizabeth, él los habría mandado al infierno.

Rand se limpió los labios con la servilleta.

–¿Qué has pensado hacer con el diseño?

–Tirarlo a la basura.

–¿Todo?

–Estuviste en la reunión. Ya no estamos en el viejo oeste –comentó Daniel, terminándose el café y haciendo una señal a la camarera para que le sirviese otro–. Abigail es mi amiga, pero tal vez deba retirarme de la puja.

Debería volver a casa y prepararse para la visita de un cliente que le había encargado la construcción de un centro comercial.

Rand se inclinó hacia él y bajó la voz.

–No necesitas este trabajo, jefe –le susurró–. Y tu amiga lo entenderá.

¿Entenderlo? Era posible que se alegrase si le sugería que se buscase a otro arquitecto.

Podía marcharse cuando quisiera, miró a su alrededor.

¿Qué estaba haciendo, perdiendo el tiempo allí?

Al otro lado de la mesa, Rand señaló hacia la puerta con la cabeza.

–Mira quién acaba de entrar.

Daniel sintió un escalofrío y se giró. El corazón se le aceleró nada más ver a Elizabeth Milton, todavía más guapa que la noche anterior.

Llevaba un vestido rosa claro y una chaqueta de manga corta a juego. Los tacones alargaban todavía más sus kilométricas piernas. Tenía la cintura estrecha y el pecho generoso. Era perfecta. Y sus labios…

Notó que se le encogía el estómago, sintió pánico y se puso en pie. Casi había tomado la decisión de marcharse de allí y no iba a cambiarla porque Elizabeth Milton acabase de entrar por la puerta.

Ya se habían despedido y se habían deseado buena suerte. No tenían nada más que decirse.

Dejó un par de billetes encima de la mesa mientras Elizabeth hablaba con la mujer que había en la barra. Debían de conocerse desde hacía mucho tiempo, porque el lenguaje corporal de Elizabeth era relajado.

Daniel se metió la cartera en el bolsillo trasero del pantalón mientras Rand recogía su ordenador y se levantaba también. Elizabeth estaba de espaldas a ellos así que, si se daban prisa, podían marcharse sin que los viera.

Daniel se dirigió a la puerta con Rand pisándole los talones.

–Si quieres pararte a saludar, saldré yo delante –comentó este.

Daniel lo fulminó mirándolo por encima del hombro.

–Nos vamos juntos. A hacer las maletas para no volver nunca más a Royal.

–Díselo a Elizabeth Milton. Viene hacia aquí.

Daniel giró de nuevo la cabeza y chocó con algo… con alguien.

Instintivamente, levantó los brazos y agarró a Elizabeth por los hombros mientras ella gritaba sorprendida.

Daniel se maldijo entre dientes. Tenía que haber mirado hacia delante. En esos momentos, no solo tenía que saludar a Elizabeth, sino que había tenido que tocarla y aspirar su aroma.

Si hubiesen estado solos habría vuelto a besarla…

Se aseguró de que no iba a caerse antes de soltarla y sonrió.

–Elizabeth, ¡qué sorpresa!

–¿Has probado uno de los famosos tacos que ponen para desayunar?

–Solo he tomado café esta mañana.

–¿Sigues suspirando por la comida de Nita?

–Debe de ser eso.

Daniel se preguntó por qué estaba siendo tan simpática, después de cómo se habían despedido la noche anterior. No estaba fría ni parecía avergonzada. De hecho, irradiaba seguridad. Era como si no se hubiesen besado bajo la luz de la luna.

Ella le había dicho que no era la primera vez que la besaban, tal vez estuviese acostumbrada a esas cosas.

–Yo... me marcho, tengo mucho que hacer –se despidió Rand, sonriendo a Elizabeth y guiñándole un ojo a Daniel.

Este frunció el ceño.

Pero si Elizabeth era lo suficientemente adulta para olvidar lo ocurrido, él también podía hacerlo y ser educado, así que, sin saber por qué, le preguntó:

–¿Quieres un café?

–Encantada –respondió ella, sonriendo y haciendo que apareciesen en sus mejillas unos hoyuelos casi imperceptibles.

La camarera apareció a su lado con la jarra de café en la mano.

–¿Necesitáis una mesa, tortolitos?

Daniel intentó no toser. Podía tolerar que lo llamase cielo, pero lo de tortolitos...

Los sureños se tomaban demasiadas confianzas.

Se aseguró de guardar las distancias con Elizabeth para no dar de qué hablar y se fue hacia la misma mesa que había compartido con Rand.

–Estaba sentado allí.

–Voy a limpiaros la mesa –dijo la camarera antes de dirigirse solo a Elizabeth–. Tengo entendido que los flamencos han ido a parar a tu jardín.

–Iba a hacer hoy la donación, pero creo que los voy a dejar donde están un par de días más.

La otra mujer se echó a reír.

–¿Para asustar a las vacas?

–¿Quién sabe? –comentó Elizabeth–. ¿Y si se vuelven a poner de moda?

–Eso nunca ocurriría en mi casa –murmuró Daniel mientras se sentaba.

La camarera lo miró y Elizabeth le explicó:

–Barb, Daniel es de Nueva York.

–¿De verdad? Pues a mí me había parecido que tenía algo de acento de Carolina del Sur. Tengo una tía de allí.

–Ahora vivo en Nueva York –comentó él.

–Lo que tú digas, cielo –respondió la camarera, mirando a Elizabeth, que se estaba poniendo cómoda–. ¿Te traigo una carta, cielo?

–Solo quiero café –dijeron ambos al unísono.

–Ahora vuelvo –respondió ella antes de marcharse.

Elizabeth dejó su bolso y entrelazó los dedos de las manos encima de la mesa.

–Ya que estamos aquí, te contaré la historia que hay detrás de la placa del club.

Se la habría contado la noche anterior si no se hubiese marchado tan bruscamente.

–No va a ser necesario –le dijo Daniel.

–¿Por qué no? –preguntó ella con el ceño fruncido.

«Porque me voy a marchar a casa», pensó él.

–Me ha surgido algo urgente y tengo que volver a Nueva York –mintió.

–Espero que no sea nada malo.

–Solo trabajo.

–Entonces, será mejor que no te entretenga.

Elizabeth fue a levantarse de la mesa, pero, en vez de dejarla marchar, Daniel la agarró de la mano. Notó un cosquilleo por todo el brazo y la soltó. No podía tocarla, pero sí podía tomarse un café con ella y escucharla.

–No me importaría escuchar esa historia –admitió.

Ella se quedó pensativa un momento antes de volver a sentarse.

–Bueno, si tienes tiempo. Se remonta a la guerra con México. ¿Te has fijado en el parque que hay cerca del club?

–Claro.

–En el siglo XIX se instaló en ese parque un grupo de misioneros. La iglesia de adobe sigue estando ahí. Supongo que de eso sabes mucho.

–Son de techo abovedado –dijo él–. Las naves son algo más altas que anchas. Y tienen pocas ventanas, pero situadas de tal manera que iluminan el altar. Las paredes tenían que reforzarse constantemente para soportar los embates climáticos.

Ella sonrió.

–Un diez.

Barb les llenó las tazas de café.

–Alrededor del año 1846 un soldado texano encontró a un compañero herido. Intentó salvarle la vida, pero era demasiado tarde. Ya lo estaba enterrando cuando se dio cuenta de que llevaba encima un ópalo negro, una esmeralda y un diamante rojo. Dado que el soldado caído no tenía ninguna identificación, el otro decidió llevarse las joyas a Royal. Eran tres piedras poco comunes y muy valiosas, y siguen siéndolo.

–¿Se supo por qué las tenía consigo el soldado caído?

–Jamás, lo que hace que la leyenda sea todavía más misteriosa, ¿no crees?

Él sonrió y se puso azúcar en el café.

–¿Y qué tienen que ver con la placa?

–Al parecer, los diamantes rojos son las piedras de los reyes. Por eso la primera palabra es «Autoridad». El ópalo negro es tal vez el menos común. Dicen que algunos ópalos tienen propiedades curativas y una luz interior que aumenta la honestidad, la integridad o, sencillamente, la justicia.

–La segunda palabra de la placa. ¿Y la esmeralda? –le preguntó Daniel, mientras pensaba que sus ojos brillaban también como piedras preciosas.

–Durante siglos, la esmeralda se ha considerado la piedra de los pacificadores.

—Autoridad, justicia y paz –dijo él–. Es bonito. ¿Y dónde están esas piedras ahora?

—Nadie lo sabe. La leyenda dice que el soldado intentó venderlas para poder hacerse una gran mansión, pero al llegar a casa encontró petróleo.

—El oro negro.

—Y, por lo tanto, no necesitó vender las piedras para hacerse rico.

—¿No han intentado encontrarlas?

—Incluso antes de la época de Tex Langley…

—El fundador del Club de Ganaderos de Texas.

—Eso es. Un grupo de hombres se reunió, según dice la leyenda, para vigilar constantemente las piedras. Otros dicen que fueron los hombres más influyentes de Royal, que hicieron un pacto para proteger a la ciudad y a sus ciudadanos. Los más incrédulos opinan que se inventaron la historia.

—¿Tú no lo crees?

—La leyenda es mucho más emocionante –respondió ella con los ojos brillantes.

—Entonces, si las joyas existen, ¿dónde piensas que están ahora?

—En algún lugar seguro. Aunque en Royal no haya mucha delincuencia. Tenemos petróleo y ganado.

—Siempre vienen forasteros –comentó Daniel.

—¿Vas a buscar las piedras tú?

Él se echó a reír y dejó la copa.

–No en esta visita. Aunque a ti parece gustarte la idea.

–Me gusta encontrar cosas nuevas y bellas. Como un cuadro que pueda pasarme todo el día mirando. Una canción que me ponga la piel de gallina. ¿Me entiendes?

Él sonrió y asintió. La entendía.

–¿Y qué es lo que te gusta más?

–¿De música?

–No, ¿cuál es tu tesoro?

–Que yo sepa, no tengo ninguno –respondió Elizabeth, mirándolo a los ojos para preguntarle–: ¿Y tú, tienes algún tesoro oculto?

La pregunta lo pilló desprevenido. Tenía uno...

Uno que casi no sacaba a la luz porque era muy valioso y porque le hacía sentir cosas... casi imposibles de soportar, pero no tenía por qué contárselo a Elizabeth.

–No –mintió–. ¿Alguna otra historia de Royal que deba conocer?

–Tardaría un día entero en contártelas y te tienes que marchar. ¿Se lo has dicho ya a Abigail?

–Todavía no.

–Se va a llevar una gran decepción.

«O se va a sentir aliviada», pensó él.

Intentó no sentirse culpable ni decepcionado y dejó otro billete en la mesa.

Miró su taza vacía y giró las piernas hacia el exterior.

–Será mejor que vaya al hotel a hacer la maleta.

–Yo también voy para allá. ¿Te importa si te acompaño?

–En absoluto –contestó él.

Toda la cafetería los miró mientras salían, pero a Daniel no le importó. Pronto volvería a estar en casa, donde uno podía perderse entre la multitud.

Lo único que no le apetecía era el frío, ya que esa mañana había amanecido con mejor temperatura. Por eso, en vez de ponerse el abrigo al salir, lo dobló y lo llevó en el brazo.

–Hoy no necesitas la chaqueta de piel –le dijo a Elizabeth.

Ella sonrió.

–Es falsa.

–¿Sí? Pues parece…

–¿Cara? Ya lo sé, pero es falsa.

–¿Y el cinturón que llevabas ayer?

–También de imitación. Si hay una cosa que he cambiado en casa ha sido el que llamaban el salón de los trofeos –comentó–. Siempre lo odié. ¿A tu padre le gusta cazar?

–Le gustaba –contestó él, notando que se le encogía el estómago–. Ahora se dedica sobre todo a trabajar. Es juez.

–¿Y quería que tú también estudiases Derecho?

–Me pidió que lo hiciera, y con ello me convenció todavía más para hacer otra cosa.

–Vaya, vaya, Daniel Warren, eres todo un rebelde.

–Querer vivir tu propia vida no es ser un rebelde.

La miró de reojo y la vio pensativa.

–Yo quería hacer otra cosa –añadió.

Ella saludó a una pareja de mediana edad que pasaba por su lado y luego le preguntó:

–¿Qué hizo que te interesase la arquitectura?

–Mi cerebro típicamente masculino. Me gusta construir cosas. Pensé en hacerme ingeniero, pero el padre de un amigo era arquitecto y un verano me enseñó algunos de sus proyectos y me enganché.

–Entonces, ¿también eres un poco artista?

–Sería incapaz de pintar un paisaje.

–¿Lo has intentado?

–No me gusta fracasar.

El horrible diseño que había hecho para el club era la excepción.

–Seguro que de niño dibujabas bien –dijo ella.

–Ya no soy ningún niño.

Pero no pudo evitar pensar en alguien que siempre alababa sus dibujos de niños. Con el estómago encogido, intentó apartar aquella imagen de su mente.

–No pinto –dijo–. Ni pintaré nunca.

–¿Ni siquiera para hacer feliz a alguien a quien quieres? –bromeó Elizabeth.

–Ni siquiera.

–Yo intenté pintar, pero, por desgracia, no se me da bien. Sueño con poder tener algún día los nenúfares de Monet –le contó–. ¿Cuánto tiempo hace que trabajas para ti mismo?

–Cinco años.

–He oído que te va muy bien.

–Trabajo muchas horas –dijo él–. Hice los contactos adecuados y todo salió bien.

–Trabajas duro –afirmó Elizabeth.

–Siempre.

–¿Y nunca te tomas tiempo libre para disfrutar?

–Me permito lujos cuando estoy de viaje.

–Quieres decir cuando no estás en casa. ¿Cómo ahora?

–Casi siempre trabajo en el norte. O en el extranjero –le dijo.

–¿No sueles venir mucho por aquí?

–Es la primera vez en más de una década.

–Entonces, a lo mejor volvemos a vernos alguna vez… dentro de diez años o así –respondió ella, sonriendo con tristeza.

Daniel pensó que diez años más tarde tendría cuarenta y cinco. Con suerte, su negocio seguiría funcionando bien, pero aparte de eso…

¿Seguiría teniendo los mismos amigos?

Era probable que siguiese soltero.

Después de la horrible niñez que había vivido, no quería formar una familia.

Llegaron al hotel, el más antiguo y respetable de Royal, tal y como le había dicho el *maître* esa mañana antes de marcharse. Elizabeth se había detenido delante de una enorme palmera y parecía un ángel.

–Bueno, ya hemos llegado –comentó.

–Sí –respondió él.

–Buena suerte otra vez.

Su tono era sincero.

–Lo mismo digo.

–No trabajes demasiado –añadió Elizabeth antes de marcharse.

Daniel se quedó mirando cómo los zapatos de tacón golpeaban el suelo. Cuando la vio torcer la esquina respiró hondo y entró en el hotel.

Capítulo Cinco

Dos minutos después estaba en su habitación. Observó la horrible maqueta del nuevo club y gruñó.

Luego sacó el teléfono móvil y marcó el número de Abigail.

Estaba esperando a que contestase cuando llamaron a la puerta.

Al otro lado estaba Rand, que parecía sorprendido de verlo.

–¿Ya estás aquí?

–Y no precisamente gracias a ti.

–Jefe, me pagas bien para que te lea la mente. Tal vez no quisieras que me marchase, pero era evidente que querías estar a solas con Elizabeth Milton –le dijo su ayudante–. ¿Qué tal te ha ido?

–Muy bien –admitió Daniel–. Nos hemos tomado un café. Hemos charlado acerca de la historia de la ciudad y de cómo debería hacer mi siguiente diseño.

–¿Vas a hacer otro?

–No. Nos marchamos –le confirmó Daniel–. Voy a hacer una llamada e iré a verte en diez minutos.

–¿Quieres que avise al piloto?

–Mira a ver si podemos salir a mediodía.

Rand se dio media vuelta y desapareció en su habitación, que era la de al lado.

En ese momento sonó la campana del ascensor, Daniel estaba cerrando la puerta cuando vio a su ocupante.

¿Qué demonios estaba haciendo Elizabeth allí?

Lo vio y esbozó una inocente sonrisa.

–Vaya, Daniel, pareces sorprendido.

Él se recordó que debía respirar. Y pensar.

–Pues sí, Elizabeth. ¿Qué haces aquí?

¿La habría enviado Abigail por algún motivo? No, eso no tenía sentido.

–Invítame a pasar y te lo contaré –le dijo ella en tono misterioso.

Él se apartó y la dejó pasar. Cerró la puerta.

–¿Ha pasado algo?

–Depende de cómo lo mires.

Elizabeth se detuvo en el centro de la habitación, hipnotizándolo con su trasero. Daniel tragó saliva.

–Te ofrecería una copa, pero me parece que es demasiado temprano.

Ella se giró y se encogió de hombros.

–Si quisiera una copa, habría ido a un bar.

–¿Y qué quieres?

–Supongo que voy a tener que ir al grano.

Al acercarse a él y entrar en su espacio vital, a

Daniel le costó trabajo respirar y empezaron a saltar chispas.

Cuando Elizabeth se puso de puntillas y lo abrazó por el cuello para rozarle los labios con los suyos, las chispas se convirtieron en una forma de calor mucho más peligrosa.

Después, para terminar de confundirlo de verdad, le dio un beso que hizo que aquel calor se transformase en fuegos artificiales.

En comparación con aquello, lo de la noche anterior había sido un juego de niños.

Daniel notó sus pechos contra el de él y sintió cómo le metía la lengua en la boca e, hipnotizado, pasó la mano por aquella melena sedosa y se dejó guiar por el instinto.

La abrazó con fuerza, la besó apasionadamente y se olvidó de las consecuencias.

Elizabeth siguió apretándose contra él, que se excitó y no pudo evitar imaginar qué sería lo siguiente.

El dormitorio.

La ropa en el suelo.

Primero un sexo rápido, catártico. Después más lento, profundo y prolongado.

Cuando Elizabeth apartó los labios de los suyos, ambos respiraban con dificultad.

—No podía dejarte marchar sin demostrarte lo bien que lo pasé anoche.

Él le robó otro beso.

—Hasta que sacamos el tema de la familia.

—Eso no tiene nada que ver con nosotros.

–Sé que soy un poco lento, pero no me había dado cuenta de que hubiese un nosotros.

–Podría haberlo… –le dijo ella, dándole un beso en el cuello– aquí y ahora, quiero decir.

Con los niveles de testosterona por las nubes, Daniel la agarró del trasero y la apretó contra su cuerpo.

–Sé que cualquier hombre que estuviese en esta situación no haría ninguna pregunta –le dijo él–, pero ¿a qué viene esto?

Tenía la sensación de que normalmente no era una mujer tan fácil.

–Quería conocerte un poco mejor. Y dado que tienes planeado marcharte hoy mismo, no había otro momento –le dijo ella–. Si estás disponible un rato, claro.

–Por supuesto que estoy disponible –le confirmó él antes de volver a besarla.

Elizabeth disfrutó del beso y se dejó llevar por la magia del momento.

Se había pasado la noche sin dormir pensando en él.

Sobre todo, en su beso.

Y Daniel ya lo sabía.

Por eso había ido a verlo.

Pensar que jamás volvería a sentirse así era una tontería. El mundo estaba lleno de hombres atractivos e interesantes.

No obstante, tenía que admitir que, durante diez meses al año, su mundo era bastante limitado.

Podía haber dejado pasar la oportunidad, pero había preferido recuperar las riendas.

Y hacer lo que quería mientras pudiese y estuviese a su alcance.

Y en esos momentos lo que quería era estar con Daniel.

Su chaqueta ya estaba en el suelo. Tenía la cremallera del vestido bajada y este deslizándose por sus caderas, por sus rodillas.

Todas sus terminaciones nerviosas estaban alerta y le ardía la piel allí donde Daniel la tocaba.

Sin dejar de besarlo, estaba a punto de arrancarle la camisa cuando él la agarró de los hombros y la apartó con cuidado.

–¿Pasa algo?

–Solo estoy siendo previsor –respondió él.

Elizabeth vio que iba hacia la puerta y tomaba el cartel de «No molestar» para ponerlo al otro lado.

Con la camisa medio abierta y el bronceado torso al descubierto, Daniel sacó el teléfono móvil y lo apagó.

–Supongo que no queremos que nos interrumpan –comentó.

Ella se desabrochó el sujetador y lo dejó caer.

–Supones bien.

A Daniel le ardieron los ojos antes de volver a abrazarla, pero en vez de besarla hizo que se diese la vuelta y apretó la erección contra su espalda.

Elizabeth sintió un escalofrío cuando notó el roce de la barba en el cuello.

Suspiró cuando le acarició la punta de los pechos y notó humedad entre las piernas.

Tomó aire, levantó la cabeza y enterró una mano en el pelo de Daniel, que le estaba mordisqueando el hombro.

–Me alegro de haber venido.

Él sonrió.

–Eso era lo que pretendía conseguir.

Daniel le apretó un pezón con una mano mientras, con la otra, la acariciaba entre las piernas.

En unos segundos, todos los músculos internos de Elizabeth estaban preparados para recibirlo.

Daniel dejó que se diese la vuelta y le quitase la camisa y luego la hizo retroceder unos pasos hasta llegar al sofá, sin dejar de darle besos en el cuello, por los pechos y en el vientre.

Elizabeth notó un maravilloso calor en su interior, levantó el rostro hacia el techo y, temblorosa, esperó que no se le doblasen las rodillas.

Él se siguió agachado, pasando la lengua por su cuerpo.

La ayudó a quitarse las braguitas y la besó apasionadamente entre los muslos.

Demasiado pronto, Elizabeth notó cómo sus músculos internos se contraían de placer. Lo agarró del pelo y estuvo así hasta que hubo terminado y Daniel se apartó.

Ella tuvo la sensación de que estaba flotando, lo miró con ojos nublados y sonrió.

Todavía llevaba los tacones puestos.

Daniel la tomó en brazos y la llevó al dormitorio.

Antes de dejarla en la cama deshecha, la besó con ternura en la frente, en la mejilla y en la oreja.

—Eres todavía más bella de lo que había imaginado.

Mientras ella se ponía cómoda, Daniel se quitó los zapatos y el resto de la ropa y se puso un preservativo que había sacado de la cartera.

Cuando lo vio acercarse, Elizabeth cerró los ojos y disfrutó de su calor.

—¿Estás segura? —le preguntó él.

Ella le acarició el pecho.

—Segurísima.

Daniel sonrió de oreja a oreja.

Una vez más, Elizabeth disfrutó de sus besos y lo abrazó con las piernas mientras por fin la penetraba.

La sensación de puro placer se extendió del vientre hasta el cerebro.

Daniel empezó a moverse encima de ella al tiempo que le mordisqueaba una oreja y Elizabeth se abandonó por completo.

Cuando él dejó de moverse y empezó a temblar, lo acarició y le mordisqueó el cuello.

Daniel tomó aire y, apoyándose en los codos, la penetró más profundamente, con más fuerza.

La miró a los ojos y consiguió que ambos llegasen al clímax a la vez.

Elizabeth había ido a buscar lo que quería.

Y Daniel Warren había resultado ser mucho más de lo que había imaginado.

Capítulo Seis

Daniel todavía estaba recuperándose de la experiencia cuando Elizabeth, trazando una línea por su hombro y su brazo, le preguntó:

–¿Puedo quitarme ya los zapatos?

Él abrió los ojos. Media hora antes había estado a punto de hacer la maleta y marcharse. Había decidido que Abigail y el club estarían mejor sin él. Rand debía de haber avisado al piloto. Y él seguía allí, desnudo en una maraña de sábanas, con Elizabeth Milton debajo.

–Si el hecho de que te los hayas dejado puestos ha contribuido a lo que acabamos de experimentar –le contestó–, creo que vamos por buen camino.

Se los quitó y los dejó en el suelo, y luego la miró mejor. Buscó sus ojos mientras le metía un mechón de pelo detrás de la oreja y después se inclinó a darle un tierno beso en el lóbulo. Al mismo tiempo, vio la hora que marcaba el reloj y frunció el ceño. No faltaba mucho para el mediodía. Elizabeth debió de pensar lo mismo.

Suspirando, se acurrucó contra su pecho.

–Vas a llegar tarde por mi culpa.

–Muy tarde –respondió él.

La agarró por la barbilla y le dio un beso. Fue un beso diferente a los anteriores, en el que había ternura y comprensión. Daniel esperaba que se diese cuenta de que recordaría siempre aquellos momentos... aunque no pudiese quedarse.

Mientras rompía el beso, deseó que aquello pudiese ser el principio de algo y no el fin, pero tenía que marcharse. Había decidido que era mejor no seguir con el proyecto del Club de Ganaderos de Texas. Había terminado su labor allí. Mientras que Elizabeth, por su parte, tenía su lugar en el rancho.

Se quedaron tumbados juntos, cada uno perdido en sus pensamientos.

–Daniel, ¿puedo hacerte una pregunta? Es una pregunta personal.

–Claro.

–¿Por qué escogiste Nueva York para vivir?

A él se le hizo un nudo en el estómago. Ciertamente era una pregunta personal.

–Es una historia muy larga.

–Ya –dijo Elizabeth en voz baja.

El nudo del estómago de Daniel creció todavía más, pero le dio un beso en la frente y le dijo:

–Pero te la contaré si prometes no aburrirte.

Ella sonrió y los hoyuelos volvieron a aparecer.

–Te lo prometo.

Él tomó aire y recordó. No tenía recuerdos agradables, pero ¿desde cuándo podía hacer daño un recuerdo? Solo podían hacerle daño las personas que se suponía que debían quererlo.

–Mis padres se separaron cuando yo tenía cinco años. Mi madre no se cansó nunca de decirme que la culpa había sido de mi padre y su familia.

–Debió de dolerte oír eso.

–Después de un tiempo, dejé de escucharla –respondió él.

–¿La familia de tu madre era de Nueva York?

–De Connecticut. Quería que me fuese allí con ella. Mi padre insistía en que me quedase con él.

En realidad, con ellos, ya que había tenido un hermano pequeño, un amigo al que echaba mucho de menos, pero eso era algo de lo que nunca hablaba.

–Dado que por entonces mi padre era abogado, no sé cómo no se hizo con mi custodia –continuó–. Al final gana quien tiene más dinero, más influencia.

–¿Le dieron la custodia a tu madre?

–Se la dieron a ambos, compartida. Y yo pasaba la mitad del tiempo en Carolina del Sur, en la mansión de mi padre, donde tenía que aguantar que mi abuela dijese de mi madre que era una...

Se interrumpió. Prefería que Elizabeth terminase la frase en su mente.

–Y la otra mitad en el norte –dijo ella.

Daniel pensó en la cena de la noche anterior en el rancho.

–Me preguntaste si mi madre cocinaba bien.

–Sí.

–Era una fanática de la vida saludable. Se pasaba el día diciendo que el cuerpo era nuestro templo y que había que llenarlo de vitaminas. La última vez que me fui de su casa, me pasé un mes entero a base de comida basura.

Elizabeth sonrió con tristeza.

–¿Cuántos años tenías?

–Con dieciocho los mandé a ambos al infierno.

–¿A tus padres? –preguntó ella sorprendida.

Él se encogió de hombros.

–Estaba harto de ir y venir de un lado a otro, y de sentir que no le importaba a nadie. Ambos me amenazaron con desheredarme si no volvía y yo les dije que no quería saber nada de su dinero. Me matriculé en la universidad y el resto, como dicen, es historia.

–¿Los has visto desde entonces?

–A mi padre, no –contestó–. Y mi madre sabe que si empieza a decirme lo que tengo que hacer, tardaré en volver a visitarla.

–Ahora entiendo que hablases así de… la petición de mis padres. Si me hubiesen tratado como a ti, no creo que tuviese ganas de complacerlos yo tampoco.

Su situación era muy distinta de la de Daniel.

–Tú adoras el rancho.

Quería quedarse allí. O, al menos, se había convencido de que era lo que quería.

Como si le hubiese leído la mente y se sintiese incómoda, Elizabeth se incorporó y se abrazó las rodillas para hacerle una confesión:

–La verdad es que cuando llego al final de los diez meses, estoy un poco agobiada. Podría hacer alguna escapada, pero prefiero pasar los dos meses seguidos lejos de Royal.

–¿No hay ninguna laguna legal?

–Podría estar fuera más tiempo si estudiase, pero eso también está estipulado.

–Parece que tus padres querían que sus nietos fuesen texanos de pura cepa.

Ella lo miró divertida.

–Todavía no estoy pensando en tener familia.

«Ya somos dos».

–Encontrarás tu camino –comentó Daniel.

Aunque fuese el mismo que el de sus padres.

–¿Tú crees? Yo hoy ya no estoy tan segura.

–Eres joven, tienes mucho tiempo por delante para hacer lo que quieras.

–¿Como tú?

–Eso es –respondió Daniel medio en broma.

–Supongo que te lo has ganado, ¿cuántos años tienes? ¿Treinta y tres?

–Treinta y cinco.

Ella se llevó la mano al corazón y fingió quedarse sin habla.

–Si lo hubiese sabido, jamás te habría seducido.

Él dejó de sonreír.

–¿Te parecería un mal educado si te preguntase la edad?

«Por favor, que no sean veintidós», pensó.

–Tengo veinticinco años.

–No me lo digas, pronto vas a cumplir los veintiséis.

–Sé lo que estás pensando –le dijo Elizabeth–. Diez años no son tantos.

–Mis padres se llevaban diez años –le contó él.

–Y al parecer no era ese su principal problema.

–Muchos matrimonios tienen problemas.

–Veo que no te hace mucha ilusión casarte.

Él se apoyó en el cabecero de la cama.

–Es cierto.

Elizabeth lo miró a los ojos.

–El matrimonio de tus padres fracasó –murmuró–, pero tú, no. No tienes que pasarte toda la vida huyendo.

Un teléfono empezó a sonar. Con el corazón acelerado, Daniel miró hacia la izquierda.

Era el teléfono de la habitación.

Cinco minutos antes le habría molestado la interrupción. En esos momentos, la agradeció.

Descolgó y le sorprendió no oír la voz de Rand al otro lado, sino la de otra persona.

–Daniel, ¿te pillo en mal momento?

–¿Abigail? Iba a llamarte.

–Solo quiero que sepas que, a pesar de lo ocurrido ayer, tengo fe en ti. No es casualidad que te nombrasen Mejor Arquitecto del Año. Estoy deseando ver tus próximas propuestas.

Daniel se mordió el labio inferior.

–Bueno, la verdad, Abigail…

–Se comenta que estás viéndote con mi amiga, Elizabeth Milton –lo interrumpió Abigail.

–Ya veo que aquí corren muy rápidamente los rumores.

–Cualquier diría que no quieres tener a una mujer preciosa y educada como Elizabeth Milton a tu lado.

Él deseó aclararse la garganta. En la última hora la había tenido muy cerca y habían llegado a conocerse lo suficiente como para que Elizabeth le dijese que no tenía que seguir huyendo.

Estaba equivocada. No había huido. Se había plantado y había hecho las cosas a su manera, sin importarle que a los demás no les gustase.

Daniel pensó entonces en el proyecto del club. Abigail creía en él. Pensó en la historia que había detrás de la placa. Y pensó en Elizabeth y en la voz que, dentro de su cabeza, le decía que después de lo que acaban de compartir, no podía darle las gracias y desaparecer.

–¿Cuándo podemos vernos? –le preguntó Abigail.

–Luego te llamo, Abby. Antes tengo que hacer algo.

Colgó el teléfono y, después de un segundo de contemplación, miró a Elizabeth a los ojos.

Seguía abrazada a las rodillas, con la barbilla apoyada en ellas, estaba sonriendo, sonriendo como si pudiese leerle el pensamiento.

–Te vas a quedar, ¿verdad? –le dijo.

Daniel esperó no arrepentirse y se tumbó en la cama.

Se acercó a ella.

–Sí –murmuró contra sus labios–. Me voy a quedar.

Capítulo Siete

En cuanto supo que Daniel no se iba a marchar de inmediato, Elizabeth se sintió aliviada y nerviosa al mismo tiempo.

Lo primero que pensó fue que podrían volver a estar como esa mañana. Nunca había sentido nada igual.

Hacer el amor con Daniel había sido una lección devoradora, sin precedentes, de placer y liberación.

Pero cuando Daniel la besó antes de ir al cuarto de baño, Elizabeth se cubrió con la sábana y se dijo que tenía que mantener los pies en el suelo. El sexo con él había sido increíble, sí, pero eso no significaba que para él hubiese sido tan importante como para ella.

No tenía ningún motivo para pensar que si iba a quedarse en Royal no era solo porque le interesaba el proyecto del club.

Se levantó de la cama y se preguntó si debía volver a vestirse antes de que Daniel saliese del cuarto de baño.

Probablemente fuese lo mejor. Tomó su ropa y se la llevó al salón.

Se vistió y se dio cuenta de que no sabía cómo

había sido capaz de ir allí sin que Daniel la invitase.

Había quien diría que había sido temeraria. En cierto modo, era cierto, pero le había gustado hacer lo que quería, cuando quería. Se parecía más a Daniel de lo que él pensaba.

–¿He dicho algo que no debía?

Al oír su voz sensual a sus espaldas, Elizabeth se giró. Daniel estaba en la puerta del dormitorio con una toalla blanca enrollada a la cintura. Ella notó un cosquilleo en el estómago al ver su ancho pecho y sus fuertes brazos cruzados y no pudo evitar pensar en cómo la había abrazado un rato antes.

Algunos hombres nacían para ser amantes.

Daniel se separó de la puerta y avanzó hacia ella, que notó cómo se le iba acelerando el corazón todavía más.

–¿Te marchas? –le preguntó él con el ceño fruncido.

Y Elizabeth volvió a sentir aquella poderosa atracción que la había llevado hasta allí.

No obstante, no podía pasarse todo el día en la cama.

¿O sí?

Apartó los ojos de su penetrante mirada y fue a por su bolso, que había dejado tirado en el suelo una hora antes.

–Debo marcharme –le dijo–. Tienes que trabajar.

–Puedo esperar a después de la comida. Esta

mañana solo he tomado un café y me muero de hambre.

Se acercó a ella y le mordisqueó el cuello.

Elizabeth sintió calor por todo el cuerpo y tuvo que hacer un esfuerzo para no suspirar y apoyarse en él.

–¿Estás seguro? –le preguntó.

–Al cien por cien.

–¿No tienes que ponerte a trabajar?

Él inclinó la cabeza y la miró.

–Cualquiera diría que quieres deshacerte de mí.

Ella se echó a reír. Eso era ridículo.

–Es que no esperaba que fueses a quedarte.

–¿Tú tienes que ir a alguna parte?

–A ninguna en especial. Iba a pasarme por el despacho de Chad para que haga una donación y se lleven los flamencos del jardín.

–¿Chad? ¿Tu asesor financiero al que le gusta atarte corto, ese Chad?

–Ya te he explicado…

–Sí. Que te cuida.

–En el testamento hay una cláusula que dice que Chad tiene que ser mi asesor financiero.

–Menudo documento.

A Elizabeth no le gustó, no tenía por qué aguantar aquel tono de voz.

Recogió su bolso, se lo colgó del hombro y fue hacia la puerta.

–Tengo que irme.

Pero Daniel la agarró de la muñeca. Su mirada había pasado de ser de desaprobación a ser de arrepentimiento.

–Mira, lo siento. No pretendía volver a tocar el tema.

–No pasa nada. Lo entiendo.

Lo entendía, pero tenía que marcharse. No quería arrepentirse de lo ocurrido y si se quedaba más tiempo, tenía la sensación de que podría hacerlo.

Cinco minutos más tarde estaba en el recibidor del hotel. Aunque se la veía con frecuencia por la ciudad, y en aquel hotel, bajó la cabeza para evitar que alguien le preguntase qué la llevaba por allí esa mañana.

Estaba justo en la puerta cuando se encontró con alguien a quien no quería ver todavía.

–¿Elizabeth? ¿Qué haces aquí?

–Chad –le dijo, sintiendo calor en el rostro–. Lo mismo podría preguntarte yo a ti.

–He venido a ver a un cliente.

–Yo he quedado para comer.

Chad frunció el ceño.

–Si no son ni las once.

–He quedado pronto. Ya sabes que no me gusta sentarme en cualquier mesa.

–¿Y con quién has quedado?

Ella tosió.

–¿Quieres que te enseñe la agenda?

Él la miró preocupado.

–Elizabeth, te veo rara.

Le ardía el rostro, se abanicó.

–La verdad es que no me encuentro bien.

Chad le puso la mano en la espalda.

–Voy a buscarte un vaso de agua.

–No te preocupes.

Pero Chad ya la estaba acompañando hasta un sillón y había llamado al conserje.

Entonces, la situación empeoró todavía más.

Daniel salió del ascensor, acelerado.

Había llamado a Rand para decirle que podía marcharse si quería con el resto de los chicos, pero que él se quedaba. Iba a ir al club a ver si una visita a las instalaciones despertaba su creatividad.

El haber tenido esa mañana la mejor experiencia sexual de toda su vida hacía que se sintiese con más energía de la habitual. A pesar de que la despedida no había sido como a él le hubiese gustado, quería volver a verla. Le pediría que volviese a enseñarle el rancho, esa sería la excusa. Aunque no estaba seguro de que ella también quisiera volverlo a ver. Después de lo que le había dicho del testamento, no se había marchado muy contenta.

Estaba atravesando el vestíbulo del hotel cuando la vio.

Hizo una mueca.

Estaba con Tremain.

Pero como ella también lo había visto a él, tenía que pararse a saludarlos. Entonces se dio cuenta de que Tremain le estaba dando un vaso de agua.

¿Se encontraría mal? ¿Qué estaba haciendo allí el asesor?

Elizabeth lo miró a los ojos, parecía nerviosa, estaba pálida, se incorporó. Y entonces Daniel supo lo que había pasado. No se encontraba mal. Debía de estar desconcertada después de haberse encontrado con su asesor financiero y, en esos momentos, con él.

–¡Daniel Warren! Vaya, parece que hoy voy a encontrarme con todo el mundo. Chad, ¿te acuerdas del señor Warren del club?

–Sí, por supuesto –murmuró Chad.

Este no alargó la mano y, en esa ocasión, Daniel tampoco. Entonces, Tremain se puso todavía más serio y a él le entraron ganas de sonreír para confirmar las peores sospechas del otro hombre, pero no lo hizo por Elizabeth.

En su lugar, se dirigió a ella.

–Me alegra volver a verla, señorita Milton. ¿No se encuentra bien?

–Me he mareado un poco, pero ya me siento mucho mejor.

–¿Quiere que la acompañe a alguna parte?

–No es necesario, Warren –le contestó Tremain–. Yo puedo cuidar de ella.

Daniel lo miró con frialdad.

–¿Seguro?

Tremain se dispuso a replicar, pero Elizabeth le dio el vaso vacío, interponiéndose entre ambos.

–¿Me puedes traer otro, por favor? Parece que vuelvo a tener calor.

Tremain dejó de mirar a Daniel para estudiar la inocente sonrisa de Elizabeth.

–Por supuesto –le dijo.

Daniel esperó a que el otro hombre se hubiese alejado para preguntar:

–¿Un momento incómodo?

Ella miró a su alrededor con nerviosismo y le respondió en un susurro:

–No hace falta que Chad se entere de lo que ha pasado esta mañana.

–Pues a mí no me importaría contárselo.

–Ni se te ocurra crearme problemas –le advirtió ella.

–Con una condición.

Elizabeth se cruzó de brazos.

–¿Vas a chantajearme?

–No va a ser para tanto –le aseguró él–. Solo quiero volver a visitar el rancho Milton.

Ella sonrió de medio lado.

–Estoy segura de que a Nita le encantará volver a verte. Aunque te advierto que esta vez tendrás que quedarte al postre.

–Por supuesto.

Daniel miró hacia la izquierda. Tremain se estaba acercando.

Aunque no quería ser indiscreto y perjudicar

a Elizabeth, tampoco iba a esconderse como un niño.

—Me he invitado a cenar esta noche en el rancho Milton.

Tremain lo fulminó con la mirada.

—¿No es usted un poco presuntuoso, señor Warren?

Daniel se encogió de hombros.

—Los norteños somos así.

Chad se puso recto y Elizabeth volvió a interponerse entre ambos.

—Chad, ¿te he dicho ya que estoy desesperada por deshacerme de esos flamencos que hay en mi jardín? ¿Podríamos hacer hoy la donación?

Tremain la miró.

—Por supuesto, Elizabeth, solo me tienes que decir la cantidad.

—¿Tienes tiempo para hablarlo ahora?

Tremain volvió a mirar a Daniel antes de tenderle el brazo a Elizabeth, pero esta o no lo vio, o hizo como si no lo hubiese visto.

Daniel se sonrió. «Chúpate esa, Tremain», pensó.

Antes de alejarse, Elizabeth le ofreció la mano a Daniel.

—Hasta esta noche.

—¿Sobre las siete?

Se estrecharon la mano y ella sonrió.

—A las siete me parece bien.

Daniel se sintió tentado a verla marchar, pero luego decidió que lo más sensato era marcharse.

***

Poco después llegaba al Club de Ganaderos de Texas. Estudió el terreno, los cuidados jardines y las instalaciones.

¿Cómo podía mantener el alma del club al tiempo que le daba ese toque de modernidad que tanto Abigail como sus votantes querían ver en él?

Estaba paseando por el edificio cuando oyó una conversación entre susurros. Tres hombres hablaban de un bebé y de chantaje.

Como no quería entrometerse, Daniel se dio la media vuelta para marcharse, pero uno de ellos lo vio y los tres se dieron cuenta de su presencia.

El que estaba más cerca, que era alto, moreno y de ojos marrones, le preguntó:

—¿Podemos ayudarlo en algo?

Daniel le tendió la mano.

—Soy Daniel Warren. Solo estaba dándome un paso y viendo el club —le dijo.

—Ah, el arquitecto de Abigail.

Entonces, Daniel se dio cuenta de quién era su interlocutor.

—Usted debe de ser Bradford Price.

Era el otro candidato a la presidencia del club y el enemigo de Abigail. Por eso lo estaba mirando como si quisiera agarrarlo del cuello y sacarlo de allí.

–Sí, me ha invitado a venir Abigail –le contestó–, pero ya me marchaba.

Se dio la vuelta, seguro de que Brad se preguntaba cuánto había escuchado de la conversación. Lo suficiente para quedarse con la curiosidad, pero nada más. Al parecer, las elecciones del club no eran la única cosa interesante que estaba pasando en Royal.

Elizabeth se sentó en un rincón del hotel con Chad y fue directa al grano, le dijo la cantidad que quería donar a la casa de acogida para que se llevasen los flamencos.

–No hace falta que des tanto –comentó él.

–Es una causa maravillosa –replicó ella con el ceño fruncido–. La casa de acogida ha ayudado a muchas personas necesitadas, incluidos niños. Y ofrece un gran servicio a la comunidad.

–Por supuesto. Y es estupendo que seas tan generosa, Elizabeth, pero tampoco hace falta que te pases.

Ella miró al hombre que llevaba manejando sus cuentas desde la muerte de su padre y sintió un vacío en su interior.

Sintió náuseas.

Le había dicho a Daniel que no era una niña, pero Chadwick Tremain le hacía sentirse como si lo fuera. Le hacía sentirse como una niña sin derechos. Era una mujer de veinticinco años y tenía las cosas muy claras.

–Haz la transferencia de la cantidad que te he dicho hoy mismo.

–Elizabeth, te estoy dando mi opinión profesional...

–Y yo te estoy diciendo que eres mi asesor, no mi tutor.

–Tu padre quería que me ocupase de ti.

–Puedo cuidarme sola.

–El testamento...

–¡Estoy harta de oír hablar del testamento!

Chad se puso recto y Elizabeth pensó que le iba a levantarla voz, pero lo vio apretarse la corbata azul marino, con la que siempre se ponía el alfiler de diamante.

Nunca le había gustado esa corbata.

–Me tengo que marchar –le dijo, incorporándose.

Él se levantó también.

–No me gusta que te marches así.

Ella se detuvo, recordó lo mucho que había apreciado su padre a aquel hombre, tomó aire y recapacitó.

–Te agradezco tu ayuda...

–Para eso estoy.

–Pero no la necesito –terminó Elizabeth–. Al menos, no tanto como en el pasado.

Pensó en Daniel con dieciocho años, enfrentándose a sus padres y cortando todo vínculo con ellos, y levantó la barbilla.

–Haz la transferencia, por favor.

Salió a la calle y se llevó las manos temblorosas al pecho. Nunca se había sentido con tanta energía. Ni tan nerviosa. Había aceptado las condiciones relativas al rancho. Las había entendido.

¿Por qué había tenido que aparecer Daniel Warren en su vida para ponérsela patas arriba?

Capítulo Ocho

–Esta noche vamos a volver a tener un invitado a cenar –le anunció Elizabeth a Nita nada más entrar en la cocina.

Esta dejó el cuchillo que tenía en la mano y siguió a Elizabeth por el pasillo y hasta las escaleras.

–¿Lo conozco?

Elizabeth sonrió y se quitó la chaqueta.

–Sí, Nita. Es Daniel Warren.

–Me alegra saber que habéis arreglado vuestras diferencias.

En su habitación, Elizabeth se bajó la cremallera del vestido y recordó el momento en que, esa misma mañana, había llegado a la habitación de hotel de Daniel. En esos momentos, lo ocurrido entre ambos le parecía un sueño, pero tenía la intención de repetirlo.

Y con respecto a haber resuelto sus diferencias…

–Digamos que hemos llegado a un acuerdo –contestó, quitándose los zapatos.

–Me alegro. Le diré a mi madre que iré a verla mañana en vez de hoy.

–Oh, Nita, lo había olvidado por completo.

La señora Ramírez vivía en el pueblo de al lado. Al día siguiente era el aniversario de la muerte del padre de Nita y esta le había dicho a Elizabeth que quería pasar la noche con su madre.

–Iré mañana temprano.

Elizabeth sacó unos pantalones de montar de un cajón.

–De eso nada, no quiero que cambies de planes.

–No vas a cocinar tú. ¿No querrás espantarlo? Aunque tu madre no sabía ni cocer un huevo y tu padre le pidió que se casase con ella.

Elizabeth se puso los pantalones y miró a la otra mujer.

–Nita, no me voy a casar con Daniel Warren.

–¿Acaso he dicho yo lo contrario? –preguntó Nita.

Ella se puso una camisa y se sentó en el borde de la cama para colocarse los calcetines. Estaba nerviosa y la mejor manera de gastar algo de energía sería montando a caballo.

La había enseñado a montar su padre. Aunque nunca se lo hubiese dicho, Elizabeth sabía que le habría gustado tener un hijo.

–¿Por qué no lo llevas a Claire's? – le sugirió Nita.

Elizabeth se puso en pie.

–Buena idea.

El ambiente era íntimo, la cocina exquisita, Claire's era el mejor restaurante de Royal. Y esa noche estarían allí los habituales de los viernes, Chad incluido.

Elizabeth hizo una mueca.

Tal vez debiese pensar en descongelar unas costillas y hacerlas en la barbacoa.

–¿Necesitas algo antes de que me marche? –le preguntó Nita, ayudándola a ponerse la chaqueta.

–No –respondió ella, dándole un beso en la mejilla–. Saluda a tu madre de mi parte.

–No te olvides de que hay tarta en la nevera, si a Daniel le apetece un trozo.

–Vale. Vete ya.

Nita salió de la habitación y a Elizabeth le pareció oír un coche. Se acercó a la ventana y solo vio los flamencos. Antes de ir a montar se aseguraría de que Chad había hecho la transferencia.

Encendió el ordenador y sonrió al ver su correo. Chad le había enviado un mensaje breve, formal. Había hecho la transferencia.

Cerró el navegador y vio la fotografía del castillo escocés que tenía como salvapantallas. Había estado allí unas vacaciones. También quería ir a Australia, pero necesitaba tiempo si quería verlo todo.

El viejo reloj de pared empezó a dar las doce y Elizabeth volvió a la realidad y se dio cuenta de que tenía una sensación de vacío.

Había sido su madre la que había hecho que se obsesionase con viajar al mandarla a un internado en Europa.

Pensativa, se levantó de la silla y recorrió el pasillo, bajó las escaleras, pasó por delante del reloj, por la biblioteca y por el que había sido el salón de trofeos de su padre. No podía negar que se sentía cómoda allí. Era su casa.

Pero, ¿cómo se sentiría si decidía desobedecer la cláusula que sus padres habían incluido en el testamento y marcharse de allí?

Al llegar a la cocina, volvió a pensar en la cena de esa noche. No iba a intentar cocinar. En Francia había ido a clases de cocina, pero no se le daba bien.

Llamó al hotel de Daniel y pidió a la recepcionista que la pusiese con él.

–Espero que no vayas a anular nuestra cita de esta noche –le dijo él nada más responder.

Lo dijo en tono de broma, pero también había curiosidad en su voz.

–Nita no va a estar en casa esta noche. Y tengo que confesarte que yo no sé cocinar.

–¿Por qué no cenamos fuera? No hace falta que sea un lugar en el que sirvan caracoles.

Ella se echó a reír.

–Dejaremos eso para cuando vayamos a Francia –dijo sin pensarlo.

Y luego sintió pánico.

Parecía que había querido invitarlo a ir con ella a París, pero ya casi había gastado sus dos meses de vacaciones ese año, así que no podría ir.

Intentó no pensar en ello.

–En Claire's se cena muy bien.

–Haré la reserva y pasaré a recogerte a las siete. Solo una cosa más.

–Dime.

–Que si quieres que sobreviva a la cena, ten piedad y no vuelvas a ponerte esos tacones.

Muy a su pesar, Daniel colgó el teléfono con una sonrisa en los labios y la risa de Elizabeth al otro lado de la línea.

La había echado de menos más de lo que se había dado cuenta.

Durante el paseo por el club, había conseguido concentrarse en su trabajo, pero en esos momentos solo podía pensar en ella y en el tiempo que habían pasado juntos.

En el recibidor del hotel, se acercó a preguntarle a la recepcionista si Rand se había marchado ya, pero la mujer parecía estar discutiendo con alguien. Daniel no quiso escuchar la conversación, pero supo que estaba hablando de Abigail Langley y de su candidatura a la presidencia del club.

–Las mujeres no tenemos derecho a meter las narices allí –decía otra mujer.

–Esa es tu opinión, Addison –le contestó la recepcionista–. Yo tengo la mía. Los hombres no tienen por qué mandar siempre. Ya no. Y no soy la única que lo pienso.

–Abigail quiere tirar el club abajo –dijo Addison–, y hacer uno nuevo, como si un edificio tan antiguo no tuviese ningún valor.

La recepcionista miró a Daniel y bajó la voz.

–Ya hablaremos luego.

La otra mujer miró a Daniel también.

–Usted es su arquitecto –dijo, frunciendo el ceño–. No lo queremos aquí. Váyase a su casa.

–Jefe, ¿va todo bien?

Daniel se giró y vio a Rand muy serio.

–Sí, todo bien.

Ambos fueron a sentarse a un sofá.

–Me parece que hay quien se está poniendo nervioso.

–La política local no es asunto mío –le dijo Daniel.

–No, salvo que te linchen.

–La guerra civil se terminó hace tiempo –dijo Daniel. Luego miró la maleta que Rand llevaba en la mano–. ¿Te marchas?

Rand asintió.

–¿Y tú estás seguro de que te quieres quedar? –le preguntó después.

–Tengo que trabajar.

–Y también tienes que ver a una mujer.

Daniel abrió la boca para negarlo, pero luego se dijo que no merecía la pena.

–La verdad es que sí. Esta noche voy a cenar con Elizabeth Milton.

–Debe de ser especial.

–No me quedo aquí por ella.

–Eso no es asunto mío, jefe.

–Entonces, ¿por qué estás sonriendo?

–¿Estaba sonriendo?

Daniel se preguntó si su ayudante sabría lo ocurrido entre Elizabeth y él esa mañana. Aunque no era posible.

Le dio la mano antes de ir hacia los ascensores.

–Hasta pronto.

–Ten cuidado y no abuses de la hospitalidad –le recordó Rand.

Cuando Daniel recibió un mensaje de Elizabeth diciéndole que se encontraría con él en el restaurante, se preguntó por qué no querría que pasase a recogerla.

En cuestión de mujeres, estaba chapado a la antigua.

Tal vez Elizabeth tuviese otras cosas que hacer antes, pensó al entrar en Claire's. Y si había ido en su coche, ¿querría que la acompañase a casa después o tendría pensado despedirse allí de él?

Se frotó la nuca.

Después de haber sido tan directa por la mañana, ¿se haría la dura por la noche?

Pero entonces la vio, con un vestido de cóctel rojo, esperándolo en una de las mesas del rincón, con el pelo suelto. Parecía una princesa, pero él sabía que poseía el espíritu de una tigresa.

A Daniel le ardió la sangre, casi se le había olvidado lo bella que era.

Como ella no lo había visto llegar, se acercó a la mesa con cuidado, pensando en sorprenderla con un beso en la mejilla. ¿Podría conformarse solo con uno?

Estaba llegando a la mesa cuando reconoció una voz que lo incomodó.

Bradford Price.

Miró a la derecha y lo vio sentado con un grupo de hombres. Su expresión era abierta y confiada, todo lo contrario que por la mañana, y Daniel se preguntó qué dirían sus partidarios si supiesen que estaba envuelto en un asunto de chantajes.

Price lo vio y lo saludó con una inclinación de cabeza. Él le devolvió el saludo.

Al llegar a la mesa de Elizabeth vio que tenía el ceño fruncido.

–¿Conoces a Bradford? –le preguntó.

–Sé quién es.

Daniel se inclinó y le dio un beso en la frente. Aspiró su aroma dulce y recordó lo ocurrido esa mañana. Estuvo a punto de proponer que cenasen más tarde. Estaba hambriento, pero de ella. Pero entonces oyó la risa de Brad Price y volvió a la realidad.

–Ya veo que es mejor lugar para cenar en Royal –comentó–. ¿También vamos a encontrarnos con el señor Tremain?

–¿Con Chad? –dijo ella, apartándose un mechón de pelo de la mejilla y encogiéndose de hombros–. Es posible.

–Se me va a quitar el apetito –protestó Daniel, sentándose.

–No es tan malo. Hoy ha hecho la donación, así que mañana se llevarán los flamencos.

–La donación la has hecho tú, Elizabeth. No te olvides de que Tremain trabaja para ti. Creo que se lo deberías recordar con más frecuencia.

–Si estás incómodo, podemos marcharnos.

Daniel se maldijo. Estaban allí para disfrutar el uno del otro, no para hablar de temas controvertidos.

–No. Estamos bien aquí –respondió, llamando a la camarera–. ¿Has venido en coche?

–Abigail quería que quedásemos a tomar algo y a hablar de la campaña. Ha sido ella la que me ha recogido y me ha traído.

–Podías haberle dicho que se quedase a cenar.

–No quería molestar. Y, además, estaba cansada. ¿Qué has hecho tú esta tarde?

–He vuelto al club.

–¿Alguna idea nueva?

–Nada interesante.

Salvo la discusión que había oído en la recepción del hotel.

–Salvo que he oído una conversación en el hotel en la que una mujer defendía que no debería cambiarse nada del club. Ni siquiera el hecho de que se acepte a las mujeres.

–¿Una mujer ha dicho eso? –preguntó Elizabeth extrañada–. Bueno, cada uno tiene su opinión.

–Eso mismo le ha dicho la recepcionista. Tal vez a la gente le guste el progreso, pero las tradiciones son las tradiciones.

Elizabeth lo sabía mejor que nadie, pero estaban hablando del club, no de ella.

–Entre tú y yo –le dijo Daniel en voz baja–. ¿Piensas que Abigail está perdiendo el tiempo? Yo creo que Brad Price juega muy duro.

–¿No querrás preguntarme si pienso que te está haciendo perder el tiempo a ti?

Daniel sonrió de medio lado.

–En cualquier caso, no me arrepiento de haber aceptado su invitación de venir a Royal.

Iba a volver a decirle a Elizabeth lo mucho que se alegraba de que hubiese ido esa mañana a su habitación de hotel cuando le sonó el teléfono móvil.

–Lo siento –se disculpó, sacándolo y quitándole el sonido.

–¿No quieres saber quién era?

–Luego. Ahora estoy cenando con una de las mujeres más interesantes y bellas del estado de Texas.

–Tal vez vivas en Nueva York, pero esa labia es típica del sur.

Cuando la camarera llegó, Daniel pidió vino y la especialidad de la casa: solomillo con salsa de whisky.

Elizabeth escogió el que dijo que era su plato favorito: pollo con judías verdes.

Él arqueó las cejas. Otra contradicción.

–¿Pasamos de los caracoles al filete de pollo?

–Es lo que comía de pequeña –comentó ella–. ¿Qué comías tú en Carolina del Sur?

–Recuerdo muchas gambas, sémola de maíz y repollo.

También reaparecieron en su mente otros recuerdos, desagradables, y se aclaró la garganta.

–Pero de eso hace mucho tiempo –añadió.

Ella asintió muy despacio, intentó sonreír.

–¿Nunca ha intentado tu padre ponerse en contacto contigo? –preguntó por fin.

–Hace mucho tiempo que no.

Elizabeth lo miró a los ojos durante unos segundos antes de apartar la mirada.

–Es extraño, cómo funcionan las cosas. Yo daría cualquier cosa por poder volver a mi padre. Y a mi madre.

Daniel pensó que la vida no siempre era justa. Probó el vino y dejó la copa.

–Debes de tener unos recuerdos estupendos.

–Sí –admitió ella–. Los mejores, los de las celebraciones familiares: el día de Acción de Gracias, la Navidad, los cumpleaños.

Él asintió.

–¿Qué cumpleaños en concreto?

–Cuando cumplí trece años, mi padre organizó un rodeo en el rancho. Vino gente desde muy lejos.

–Qué divertido.

–Ese día me dieron mi primer beso. Un chico del que llevaba meses enamorada. A la semana siguiente se iba con sus padres a vivir a California.

–¿Tu primer beso?

Daniel intentó recordar el suyo, pero había pasado demasiado tiempo.

–Me dijo que me escribiría. Lo hizo una vez. Hasta me mandó un medallón de plata dentro del sobre. A veces me preguntó qué habrá sido de Dwight Jackson.

Daniel no supo si el gesto soñador era fingido o sincero.

–Cualquiera diría que me quieres poner celoso.

Ella arqueó una ceja.

–¿Estás celoso?

–No sabes cuánto.

Ambos se inclinaron hacia delante y sus labios se tocaron un instante. Daniel sintió la tentación de agarrarla por la nuca y profundizar el beso, pero no lo hizo porque no estaba solos.

La cena no tardó en llegar. La comida estaba deliciosa y pasaron la siguiente hora charlando a la luz de las velas, primero acerca de Nita, luego de los lugares a los que habían viajado por el mundo y a los que querían ir.

Cuando terminaron el vino, la camarera se acercó y Daniel miró a su alrededor. Quedaban pocas personas en el restaurante.

–¿Van a tomar postre?

Elizabeth se acercó a Daniel y le dijo:

–Nita me ha dicho que sigue habiendo tarta de queso en la nevera.

–Ahí tiene la respuesta –le contestó este a la camarera.

Y él tenía la suya.

Al marcharse, se dio cuenta de que Bradford Price ya no estaba allí. ¿Sabría Abigail algo acerca de aquello del chantaje?

–¿Qué me puedes contar de Price? –le preguntó a Elizabeth.

–Bradford es un hombre de negocios de mucho éxito. Y un playboy. Procede de una familia de banqueros y fundadores de la mayoría de las fundaciones de arte de Houston y Dallas. Su reputación es sólida, pero cuando Abigail se presentó también como candidata, empezó a burlarse de ella a sus espaldas. Siempre han sido rivales, desde el instituto.

–Me alegro de ser un personaje anónimo –comentó Daniel.

–Pues tengo entendido que eres muy famoso en tu profesión –replicó ella sonriendo–. Seguro que no vives apartado de todo.

–No, pero intento no llamar la atención.

–A veces surgen problemas cuando uno trata con la familia, con los amigos, con la comunidad.

El gesto de Elizabeth era angelical, pero Daniel supo que quería lanzarle una pulla. Pero él tenía las cosas muy claras y sabía que no quería una familia. Ya no.

Fueron al rancho, charlando en el camino de la reforma del club. Y Daniel le pidió su opinión a Elizabeth.

–Yo creo que hace falta algo completamente nuevo –dijo esta sonriendo–. Aunque sea más fácil decirlo que hacerlo.

–A ver si la tarta de queso me inspira –comentó él.

Ella le tocó el muslo y, en ese instante, no hubo nada más en el mundo salvo su calor.

Un calor que lo inspiró.

Detuvo el coche delante de la casa y vio que todavía estaban allí los flamencos.

–Tal vez deberías comprar un ejército de enanitos para hacerles compañía.

–Y plantar flores de plástico alrededor –dijo ella.

Al ver que Daniel la miraba asustado, se echó a reír.

–Era una broma, Daniel.

Recorrieron el camino juntos y él esperó a que abriese la puerta mientras intentaba controlar el deseo que sentía por ella.

Estaba deseando tenerla cerca y besarla, pero todo lo bueno se hacía esperar.

–¿Qué te parece si te sirvo un poco de tarta y luego damos un paseo? –sugirió Elizabeth.

Daniel suspiró.

–Buena idea.

En la cocina, sacó la tarta de la nevera y Daniel se puso a salivar solo de verla.

–¿Me vas a acompañar? –le preguntó a Elizabeth.

–Si me comiese todos los postres que prepara Nita estaría como una vaca –comentó–, pero esta noche es especial.

Daniel se humedeció los labios. Estaba de acuerdo.

Elizabeth sirvió la tarta y buscó dos cucharas. Le dio un cuenco y una de ellas a Daniel y le hizo un gesto para que la siguiera. Juntos, empezando a comerse el postre, volvieron a atravesar el pasillo y entraron en una gran habitación cuyas paredes estaban cubiertas de libros. Daniel se acercó a una de las estanterías y tomó uno.

–*Más allá del bien y del mal*, de Friedrich Nietzsche –comentó impresionado–. Veo que a tu padre le gustaban las lecturas ligeras.

–Ese libro era de mi madre.

–¿De tu madre?

–Claro. Y me lo pasó cuando fui lo suficientemente mayor –le contó ella–. ¿Has leído a Nietzsche?

–Solo leo cosas de arquitectura –admitió él, mirándola con curiosidad.

Luego se aflojó la corbata, recuperó su cuenco y la siguió.

Elizabeth le enseñó el salón del billar, la salita de estar, el salón de la televisión, una zona exterior cubierta… todo lleno de lujos. Había varias chimeneas, suelos de granito en las zonas húmedas. Daniel entendió que el señor Milton hubiese querido que todo aquello se quedase en la familia.

Pero, desde el punto de vista profesional, no había nada que lo inspirase.

Subieron unas elegantes escaleras y llegaron al segundo piso, donde debían de estar la mayoría de las habitaciones. Elizabeth entró en un dormitorio decorado en blanco y verde, el mismo verde de sus ojos.

—Esta es mi habitación. Mi refugio —le dijo ella—. Allí está el baño. Y aquí, donde duermo la mayor parte del tiempo.

Se sentó en la enorme cama, cubierta por una colcha blanca.

A Daniel se le aceleró el pulso al ver que se quitaba los tacones rojos. Cuando llegó a su lado, se estaba desabrochando el collar de rubíes que durante toda la noche había adornado su garganta.

—Y aquí se acaba la visita —añadió Elizabeth, dejando el collar encima de la colcha y doblando las piernas hacia un lado, sin dejar de mirarlo a los ojos, echándose hacia atrás y dejándose caer—. Yo creo que ya has visto bastante por esta noche.

Él la devoró con la mirada.

—Ni mucho menos.

Daniel se quitó la corbata y se desabrochó el cinturón y la camisa, se puso de rodillas en el suelo y le pasó los labios por el empeine. Elizabeth llevaba las uñas de los pies pintadas del mismo color que el vestido. ¿También iría a juego la lencería?

Subió con las manos por sus piernas y se inclinó a besarla en el muslo. Ella suspiró y Daniel metió las manos por debajo del vestido. Cuando Elizabeth se arqueó, le quitó las braguitas. Después se deshizo de su camisa y empezó a recorrer una de las piernas con los labios.

Le metió la lengua entre los muslos y jugó con su clítoris. Se lo mordisqueó suavemente y luego se separó para quitarle el vestido. Cuando la tuvo tumbada en la cama, debajo de él, con el pelo extendido en la colcha y los ojos llenos de deseo, se levantó para quitarse los pantalones.

Ya la había visto desnuda esa mañana, pero volver a verla no pudo excitarlo más. Se contuvo para no penetrarla en ese instante. Apartó la colcha y se metió debajo de ella, a su lado.

Tumbados frente a frente, con las puntas de los pechos de Elizabeth acariciándole el suyo, esta le puso un brazo alrededor del cuello y le preguntó:

—¿Mañana tienes que ir a alguna parte?

Él le mordió el labio inferior antes de responder:

—Solo tengo que estar aquí, contigo.

—Pues ya somos dos, señor Warren.

Hicieron el amor muy despacio. Daniel empezó probando la línea de su cuello y fue bajando poco a poco hacia los pechos, hasta que ella le rogó que los tomase con la boca. Se inclinó y capturó uno de los pezones rosados y recordó lo rápido que había sido todo por la mañana. Con la unión de esa noche quería que Elizabeth conociese lugares en los que no había estado nunca antes, que ni siquiera había sabido que existían.

La besó en los labios y luego fue ella quien recorrió su cuello a besos. Daniel se tumbó, se tapó los ojos con el antebrazo e intentó aguantar.

Elizabeth siguió bajando hasta llegar a su erección. La acarició con la lengua una y otra vez, haciéndolo gemir y excitarse todavía más.

Cuando pensó que no iba a poder seguir controlándose, tiró de ella para que se levantase.

Sorprendida, Elizabeth se apartó el pelo de la cara.

—No había terminado.

—Pero yo casi sí.

Ella sonrió y se subió a horcajadas sobre sus caderas.

Con los pechos rozando el de él, lo besó hasta que Daniel perdió completamente la razón. Según iban pasando los segundos, solo podía pensar en seguir teniendo el calor de sus músculos más íntimos a su alrededor.

—Deberías ponerte un preservativo —le dijo ella, rompiendo el beso.

Él había pensado seguir jugando un poco más, pero tuvo que darle la razón.

Alargó la mano y tomó la caja que había dejado en la mesita de noche un rato antes. Rompió el envoltorio con los dientes y se puso el preservativo mientras Elizabeth seguía de rodillas, esperando. Acababa de terminar de colocárselo cuando ella se colocó justo encima para ayudarlo a que la penetrase.

Daniel contuvo la respiración, la agarró por las caderas y la mantuvo quieta. Una gota de sudor corrió por su frente. La bomba de relojería que llevaba dentro estaba a punto de estallar. Cerró los ojos y dejó escapar una carcajada.

–¿Quieres dejarme en ridículo?

«Que termine demasiado pronto», se dijo en silencio.

–Quiero disfrutar de ti. Y que disfrutes de mí –respondió Elizabeth, empezando a moverse–. Tienes más preservativos, ¿no?

Todavía con los ojos cerrados, Daniel sonrió.

–Sí.

Ella empezó a mover las caderas muy despacio y, por primera vez en la historia, Daniel dejó que las riendas se le escapasen de las manos y que fuese Elizabeth quien las tomase.

No podía negar que era una mujer como ninguna otra. Le acarició la cintura y la perfecta curva de los pechos y se concentró en el placer del momento.

Menos mal que tenían toda la noche.

A media noche, un ruido despertó a Daniel, que abrió los ojos y se preguntó dónde estaba.

No tardó en recordar. Se puso de lado muy despacio y vio a Elizabeth hecha un ovillo, con las manos en la almohada, debajo de la mejilla.

Sintió calor y algo más. Sonrió y alargó la mano para acariciarle el pelo.

Y entonces volvió a oír un ruido y tuvo una sensación extraña. Se concentró. Otro ruido, justo debajo de la puerta principal. Se sentó de golpe.

Ella cambió de postura. Parpadeó, lo miró a los ojos y dejó de sonreír.

–Eh –murmuró con voz sensual–. Yo a ti te conozco.

Daniel deseó abrazarla y besarla, pero no podía olvidarse de los ruidos. Seguro que era algún animal, pero tenía que comprobarlo.

Con el corazón acelerado, se destapó y oyó moverse a Elizabeth.

–¿Adónde vas?

–A ninguna parte. Afuera un momento –le dijo, poniéndose los pantalones.

–¿Afuera?

–Tú quédate donde estás.

–Daniel, ¿qué pasa?

–No lo sé. Es probable que nada –le respondió él, dándole un beso en la cabeza–, pero quiero asegurarme.

–No voy a dejar que salgas solo.

–Por favor, Beth, hazme caso.

Daniel se dio cuenta de que había acortado su nombre y que, al mismo tiempo, ella había apretado los labios y había apartado también las sábanas.

–No.

No podía impedirle que bajara. Al fin y al cabo, aquella era su casa.

Elizabeth tomó un camisón de seda de encima de una silla, se lo puso y bajó las escaleras detrás de él.

Al llegar abajo, agarró a Daniel del hombro y le susurró:

–Tengo un rifle.

Daniel retrocedió. No quería el rifle. Sabía, por experiencia, que cuando había armas de fuego de por medio, las cosas siempre podían ir peor.

La agarró y le dijo:

–No se te ocurra hacerte la valiente.

Abrió con cuidado la puerta y el aire frío le golpeó la piel mientras miraba hacia afuera. Todo parecía normal. La noche estaba tranquila. Y, aun así, sintió un escalofrío.

Entonces oyó el ruido de un motor a lo lejos, vio unas luces. Y ambas cosas desaparecieron por la carretera. Daniel se maldijo. Había estado seguro de que había alguien.

Elizabeth se acercó y le dio un codazo en las costillas.

–¿Ves como no era nada?

Él arqueó una ceja.

–Alguien acaba de marcharse de tu propiedad.

Tal vez alguien consciente de que Elizabeth simpatizaba con Abigail y con su arquitecto neoyorquino. Tal vez alguien que quería demostrarle que estaba poniéndose del lado equivocado.

Pero Elizabeth se echó a reír.

—¿No echas nada de menos?

Daniel volvió a examinar el jardín y entonces se dio cuenta de lo que había ocurrido. Los flamencos habían desaparecido.

Se sintió aliviado, pero siguió con la sensación de que algo grave iba a ocurrir en Royal. Algo muy malo de lo que él no quería saber nada. Y que esperaba que no afectase a Elizabeth.

Esta entrelazó un brazo con el suyo.

—Vamos, vaquero. Volvamos dentro.

Él cedió, se dio la vuelta, pero se detuvo cuando su pie descalzo tocó algo que no debía estar allí. Con el ceño fruncido, se agachó y recogió un sobre en el que había escrito a mano: «Para Elizabeth Milton».

Lo abrió.

—Al parecer, alguien tiene mucha prisa en ponerse en contacto contigo.

Elizabeth le quitó el sobre de la mano mientras entraban de nuevo en casa. Dio la luz y sacó una hoja de él.

La leyó mientras movía la cabeza afirmativamente, muy seria.

Daniel empezó a impacientarse según iban pasando los segundos.

–¿De quién es?

–De un amigo –contestó ella, sin querer darle más importancia.

–¿De qué amigo? –inquirió Daniel mientras atravesaban el pasillo.

–Eso… la verdad es que no lo sé.

Daniel se puso alerta. Si Elizabeth tenía algún problema, quería saberlo. De inmediato.

Al llegar a la cocina, se detuvo y puso los brazos en jarras.

–Deberías contármelo.

Ella se colocó delante de la encimera de granito y lo miró como si no estuviese segura de poder confiar en él, pero luego exhaló, bajó los hombros, dejó la carta y fue a la cocina a por la cafetera.

–Alguien necesita ayuda.

Él bajó los brazos.

–¿Quién? ¿Qué clase de ayuda?

–Una mujer y sus hijos –respondió ella, enjuagando la cafetera para prepararla–. Es del centro de Estados Unidos. Al parecer, su familia lo perdió todo en un tornado y su marido empezó a comportarse de manera violenta.

–¿Y qué tiene que ver eso contigo?

–La mujer y sus hijos se marcharon de casa y vinieron a vivir con su hermana, que ahora mismo también tiene muchos problemas. Su futuro es incierto, sobre todo, si el marido intenta quitarle la custodia de los hijos. O si decide tomarse la justicia por su mano.

Daniel intentó controlar el escalofrío que le recorría la espalda.

El tema de los hogares rotos era uno en el que no le gustaba pensar.

—Eso no explica que hayas recibido una carta a estas horas de la noche.

—No lo sabe nadie —le dijo ella—. Prométeme que no dirás ni una palabra. A veces, cuando pasan estas cosas en Royal, la información llega a ciertas personas a través de la casa de acogida. A personas dispuestas a dar una oportunidad a otras, sobre todo, a niños.

—¿Te refieres a ti misma?

Elizabeth levantó la barbilla.

—Les doy algo de dinero, un coche, los ayudo a encontrar trabajo —dijo, encendiendo la cafetera eléctrica—. No me hago publicidad.

Daniel se sentó en el taburete que tenía más cerca y procesó la información.

En aquella ciudad los secretos eran profundos y las sorpresas, muchas, pero había algo que seguía sin entender.

—Tu generosidad debe de tener límites, unos criterios —comentó—. ¿Lo haces a través de Tremain?

—A él no le parece bien, pero sabe que es uno de los motivos por los que sigo aquí, en Texas —le contó ella, dejando dos tazas de café en la encimera y mirándolo a los ojos—. No me malinterpretes. Adoro el rancho, pero esto me compensa por...

Se interrumpió.

—Por tener que estar aquí encerrada diez meses al año —dijo Daniel en su lugar.

—Si me marchase, no lo perdería todo, pero no podría ayudar a los demás como lo hago ahora.

Con el corazón en la garganta, Daniel la agarró de la barbilla y la miró a los ojos.

—Eres una mujer excepcional, ¿sabes?

Ella sonrió, pero negó con la cabeza.

—Soy afortunada. Vengo de una familia feliz, pero hay muchas personas que necesitan ayuda. Pienso sobre todo en los niños —le dijo—. Necesitan un hogar. Es mucho más fácil echar a correr y huir de todo.

Cuanto más la miraba, más sonreía Daniel. De repente, se sentía pequeño a su lado.

—Debiste de nacer con un don especial.

—¿Para qué?

—Para ayudar a la gente a ver más allá —le explicó él, dándole un beso en la frente.

Luego le puso una mano en la nuca y la besó con ternura, deseando expresarle todo lo que sentía.

Cuando sus labios se separaron de los de ella, tomó aire y la miró a los ojos.

—¿Te queda algo de tiempo de vacaciones este año?

—¿De los dos meses?

Daniel asintió.

—Tres días.

Él apoyó la frente en la suya.

—Podemos ver, y hacer, muchas cosas en tres días.

Luego la tomó en brazos y volvió a llevarla al dormitorio.

Capítulo Nueve

Elizabeth no sabía qué sentía por Daniel Warren. O, más bien, no sabía qué pensar de todas las emociones que le despertaba.

Esa mañana, temprano, después de que se llevasen los flamencos y descubriesen la carta en la que le pedían ayuda, habían vuelto a hacer el amor.

Cada vez que Daniel la acariciaba y la besaba, la emoción y la sensación de seguridad, o de inseguridad, crecían todavía más.

Con el frío viento golpeándole el rostro mientras Ame trotaba por la pradera, Elizabeth pensó en lo mucho que se parecía la emoción que sentía en esos momentos y el modo en que se le cortaba la respiración cuando estaba con Daniel.

Su pelo moreno, su sensual sonrisa, su cuerpo fuerte… todo en él la seducía.

Tal vez fuese infantil, pensó mientras volvía a casa, pero cuando lo miraba fijamente después de hacer el amor, el verde de sus ojos se convertía en un mar inmenso en el que estaba dispuesta a morir ahogada. Cuando su boca le recorría el escote, no podía evitar estremecerse. Suspirar. Cuando la acariciaba con las puntas de los dedos, quería cerrar los ojos y disfrutar del momento eternamente.

Y le asustaba que un rato antes, cuando Daniel se había marchado a trabajar, había estado a punto de rogarle que se quedase.

Echó la cabeza hacia atrás y disfrutó del calor del sol en el rostro. Daniel hacía que se sintiese segura. Interesante y especial. Valorada.

Y hacía que se quedase deseando más.

Cuando llegaron a los establos, Ame estaba sudando. Ricquo, que trabajaba en el rancho, tomó las riendas y se ofreció a cepillarla. Elizabeth volvió hacia la casa, disfrutando todavía del olor a caballo y a flores, pero dispuesta a marcharte tres días con Daniel. Dispuesta a cambiar de escenario.

Se mordió el labio inferior y sonrió.

¿Adónde pensaría llevarla?

Tal vez a Hawái, o a Australia. Iba pensando en eso cuando vio a un visitante inesperado en el patio trasero. Se puso recta y apretó el paso.

–Buenos días, Chad.

–Veo que Nita no está hoy en casa –comentó él, levantándose del columpio.

–Ha ido a ver a su madre. ¿En qué puedo ayudarte?

–He recibido tu carta esta mañana –le dijo, dejando claro con su tono de voz que estaba disgustado–. Tenía que decírtelo en persona. No estoy de acuerdo.

Ya habían tenido esa conversación, esa discusión, muchas otras veces. Cada vez que le pedía a Chad que hiciese un cheque para una familia necesitada. Elizabeth había escuchado siempre sus argumentos y, sinceramente, estaba cansada de ellos, pero pensó en sus padres e intentó tener paciencia.

—Mi asignación es muy alta y a mi madre le parecería bien que ayudase a aquellos que lo necesitan —comentó, abriendo la puerta trasera.

—Pero a tu padre no. Quería que invirtieses todo el dinero en el rancho.

Eso la enfadó.

—Mi padre está muerto —replicó.

Con los guantes en una mano, tomó aire y entró a la casa. No quería que nadie le dijese lo que tenía que hacer.

No iba a aguantarlo más.

—¿Has preparado el cheque?

Chad respondió a su pregunta con otra.

—¿Estás segura de que la historia de esa mujer es verídica?

Lo estaba. Siempre lo comprobaba. Estaba cansada de jugar a aquel juego. De que la tratasen como a una niña.

—¿Qué te importa a ti lo que haga con mi dinero? No me lo estoy gastando en el juego, ni en beber.

—Lo mismo daría —contestó él.

Elizabeth se alejó.

—No quiero hablar más del tema.

—Entonces, hemos terminado.

–Lo que se ha terminado es mi paciencia contigo.

Chad la siguió por el pasillo.

–Elizabeth, te agradecería que no me hablases así.

–No soy ninguna niña.

–Pero sigues siendo vulnerable.

Ella se giró y lo miró con incredulidad.

–¿Porque soy una mujer soltera?

La expresión de Chad cambió, le tendió las manos.

–Quiero cuidar de ti.

–Yo no quiero que me cuiden.

–Escúchame…

–Escúchame tú a mí. Serás mi asesor financiero durante otros cinco años, pero no tengo por qué hacer todo lo que me digas. Siempre he intentado tener una buena relación contigo, pero, a partir de ahora, cuando tome una decisión y te dé una orden, espero que la cumplas sin dudarlo. ¿Lo has entendido?

–No piensas lo que estás diciendo.

–Por supuesto que sí.

–Te has acostado con él, ¿verdad? –inquirió Chad enfadado.

Elizabeth no se paró a pensar. Levantó la mano y le dio una bofetada.

Chad se llevó la mano a la mejilla y continuó:

–A Daniel Warren no le importa nada este lugar. Eso significa que no le importas tú. En cuanto tenga su dinero, no volverás a verlo.

–¿Y si soy yo la que se marcha con él?

Chad palideció, pero luego sonrió de medio lado.

–Jamás profanarías la memoria de tus padres así.

–Haré lo que me plazca –replicó ella con el rostro encendido y los ojos llenos de lágrimas–. Cierra la puerta al salir.

Y se marchó.

Cuando Nita volvió esa noche, Elizabeth estaba sentada en el suelo del estudio, mirando sus papeles de la universidad. Levantó la vista y sonrió.

–No te he oído llegar.

–Eso es que estabas muy concentrada en los papeles. ¿Qué estás buscando?

Elizabeth suspiró y se sentó sobre los talones. «Mi vida», pensó.

–Decidí estudiar Psicología porque quería ayudar a la gente –dijo.

Nita, que se había agachado a recoger un montón de libros, se quedó inmóvil repentinamente.

–¿Ha ocurrido algo en la casa de acogida?

–No. No exactamente. Me han mandado una carta para ayudar a una mujer. Y le he pedido a Chad que lo organice.

–Ah.

Nita arqueó las cejas como si eso explicase el

mal humor de Elizabeth. Dejó los libros en el escritorio y la miró.

–Hemos tenido la discusión de siempre –le contó Elizabeth–, acerca de si estoy siendo responsable con el dinero de mis padres.

–Ahora es tu dinero.

Todavía en el suelo, Elizabeth resopló. Dinero. De sus padres. Suyo. Testamentos y cláusulas y el tiempo que seguía pasando. Cuando se diese cuenta, tendría la edad de Nita.

Se puso en pie.

–De repente, me he sentido asfixiada.

–¿Y has decidido volver a estudiar?

Ella se encogió de hombros.

–Tal vez.

Nita apoyó las caderas en el escritorio y esperó.

Elizabeth fue hacia la ventana y admiró la puesta de sol.

–Anoche vino Daniel.

–Me lo imaginaba.

Ella se cruzó de brazos, estaba nerviosa.

–Me hace sentir cosas que no había sentido nunca.

–¿Te estás enamorando de él?

–No, pero me gusta tenerlo cerca.

–Si le dan el trabajo del club, estará un tiempo en Royal.

–Supongo que sí –dijo Elizabeth, girándose a mirar a su amiga–. Me ha pedido que me vaya con él un par de días.

Nita asintió.

–¿Cuándo os marcháis?

–Todavía no lo sé. Cuando se ha marchado esta mañana tenía una idea para el proyecto en la que quería trabajar.

–¿Ves lo que hace mi tarta de queso?

Elizabeth sonrió.

–Imagínate si se hubiese comido dos trozos.

Luego atravesó la habitación y se sentó al lado del escritorio. Había una fotografía de sus abuelos y otra de sus padres, del día de su boda. Ambas tomadas delante de aquella casa.

Elizabeth tomó la de sus padres y se emocionó. Cuando los echaba demasiado de menos, le gustaba ver viejas fotografías, aunque nunca sabía si eso la ponía mejor o peor.

–Daniel no tiene una buena relación con sus padres –murmuró–. No le gustan los recuerdos que tiene del sur.

–El pasado es importante. Tenemos que entender de dónde venimos –comentó Nita en tono sabio–, pero también debemos recordar que el futuro lo creamos nosotros.

–¿Tú crees? ¿No está ya trazado?

–He decidido ir más a ver a mi madre –le contó Nita.

Elizabeth la miró.

–¿No será para darnos a Daniel y a mí más intimidad aquí?

–Ya lo había decidido –le contestó Nita–. Aunque es un buen chico.

–Es un millonario que solo está aquí de paso –replicó ella–. Y yo soy una heredera inquieta con demasiado tiempo libre.

–Sois un hombre y una mujer.

–Me siento mal deseando algo que jamás podré tener. Y, aun así, cuando estamos juntos siento que es lo correcto.

–Vete con él. Disfrútalo –le aconsejó Nita, yendo hacia la puerta–. El rancho seguirá aquí cuando vuelvas.

Elizabeth se cruzó de brazos y se inclinó hacia delante a mirar los papeles que había en el suelo. Luego recordó el comportamiento inaceptable de Chad y pensó en todas las mujeres a las que había ayudado. Por último, pensó en Daniel, en su sonrisa traviesa, en sus besos. En su propuesta de hacer una escapada.

Con el estómago encogido, Elizabeth enterró la cabeza entre los brazos.

¿Y si no quería volver nunca más?

Capítulo Diez

Elizabeth sintió curiosidad al ver que Daniel no volvía a dar señales de vida durante todo el día. Por la mañana recibió un ramo de flores y el corazón le dio un vuelco. Estaba segura de que eran suyas, pero abrió el sobre que las acompañaba y se dio cuenta de que estaba equivocada. Lo único que ponía era: «Gracias por tu ayuda».

No era de Daniel, sino de la hermana de la mujer a la que había ayudado. Al parecer, ya había recibido el cheque. Elizabeth siguió sintiéndose bien por ello.

A media mañana, fue a montar a caballo y a dar una vuelta por el ganado. Sobre las doce volvió a casa y estuvo pendiente del teléfono hasta la una. Al ver que eran las dos y que Daniel no había llamado, se tragó su orgullo y fue a cambiarse de ropa.

Media hora después llegaba en su coche a la calle principal y aparcaba delante del hotel. Pero luego estuvo allí sentada diez minutos, mordiéndose el labio inferior. No podía dejar de preguntarse por qué Daniel no la habría llamado. ¿Se habría marchado sin avisarla?

Con el corazón acelerado, miró su teléfono

móvil. Podía llamar a Abigail y hacerle alguna pregunta, pero decidió no hacerlo. Daniel y ella habían pasado un día increíble juntos. Él le había dicho que iba a llevarla a pasar unos días fuera. Tenía que ser verdad.

¿O era tan vulnerable, e ingenua, como pensaba Chad?

Vio aparecer a Brad Price con Zeke Travers, que trabajaba en una empresa de seguridad. Al otro lado de la calle vio a Addison Harper hablando con la pobre Rosaline Jamestown, que miró hacia allí y reconoció su coche.

Había gente por todas partes. A Elizabeth no le importaba que la viesen con Daniel, pero no quería que pensasen que iba detrás de un hombre.

Al fin y al cabo, tenía su orgullo.

Tomó la decisión de marcharse. Dio marcha atrás y casi se le sale el corazón del pecho al chocar contra algo. Se giró y se vino abajo. Él.

Con el rostro ardiendo, apoyó la frente en el volante. No era capaz de salir del coche y explicarse.

Oyó que llamaban a la ventana y vio a Daniel Warren sonriéndole y haciéndole un gesto para que bajase el cristal.

–Qué gracia, que hayamos chocado justo aquí –le dijo en tono divertido.

–Lo siento –respondió ella–. No… he visto tu coche.

Él se echó a reír.

–No has mirado –comentó, mirándola a los ojos para después bajar la vista a sus labios–. ¿Has venido a la ciudad a hacer algo en especial?

–¿Algo en especial? –repitió ella–. Unos recados.

–¿En el hotel?

Daniel la derritió con su mirada. No merecía la pena fingir.

–La verdad es que tenía curiosidad.

–¿Por mi trabajo?

Ella asintió. «Entre otras cosas».

Daniel le abrió la puerta para que saliese, pero ella dudó.

–¿Estás seguro de que tienes tiempo?

–Para ti siempre tengo tiempo.

Antes de marcharme, Daniel comprobó que ninguno de los coches había resultado dañado, luego la tomó del brazo y la acompañó al hotel. Al entrar, a Elizabeth se le hizo un nudo en el estómago, dos días antes, después de haber hecho el amor con él, se había encontrado con Chad allí.

En cuanto estuvieron en el ascensor, Daniel la abrazó y la besó apasionadamente.

–Creas adicción –le dijo cuando rompió el beso.

–Lo mismo digo –respondió ella, todavía flotando.

–Entonces, ¿sigue en pie nuestra escapada?

Elizabeth se sintió aliviada. No se le había olvidado.

–Cuando tú puedas.

Daniel la agarró de la mano para salir del ascensor.

–Antes quiero esbozar el proyecto. Le enviaré una copia a Rand para que empiece a trabajar a escala.

–¿No tienes que hacerlo tú?

–No, quiero pasar más tiempo contigo.

–¿Y no vas a echar de menos Nueva York?

–¿Quieres ir a ver la *Estatua de la Libertad* y Central Park?

–La verdad es que preferiría ir a un lugar más íntimo. Tal vez al Caribe.

Él sacó la tarjeta que abría la puerta de la habitación y le guiñó un ojo.

–Déjamelo a mí.

Una vez dentro de la habitación, fueron hasta una gran mesa llena de dibujos. Elizabeth notó que pisaba algo y bajó la vista. También había papeles por el suelo.

Daniel ordenó un rincón y puso un papel en él, retrocedió.

–Dime si crees que valdrá.

Elizabeth estudió los dibujos y la idea le pareció perfecta.

–El exterior será de piedra, pero también habrá mucho cristal.

–¿Mucho cristal, para que entre la luz?

–Sí, luz natural. Luz procedente de los nuevos miembros y del nuevo siglo.

Ella sonrió al verlo tan emocionado y asintió.

–¿Y la forma?

–Es evidente que los cuernos son típicos de este estado y del club. Como soy consciente de que colocar unos cuernos enormes encima de la puerta es un gran error, he decidido incluir esa forma en la estructura del edificio.

Era un edificio lleno de curvas suaves, con la forma de unos cuernos. Elizabeth señaló los espacios semicirculares.

–¿Qué habrá aquí?

–Todavía no estoy seguro, pero tengo una idea con respecto a los colores de las distintas partes del club –le contó él, señalando el dibujo–. Aquí se harán reuniones lúdicas, deportivas. Y la decoración estará inspirada en los ópalos negros.

–¿Sillones de cuero negro y granito?

–Superficies brillantes. En el centro estará el comedor, la sala de reuniones y la biblioteca. La decoración reflejará la parte de la leyenda relativa al diamante rojo.

–Granito rojo, madera en tonos rojizos y una moqueta granate.

–Eso es. Y la otra ala… –dijo Daniel, tomando aire y poniéndose recto–. Bueno, todavía lo estoy pensando, pero la inspiración serán las esmeraldas. El verde que representa el crecimiento.

–Y la paz.

–Eso es.

Elizabeth volvió a mirar el dibujo y, satisfecha, retrocedió.

–Si quieres terminarlo a tiempo, será mejor que te deje solo.

Él la agarró por la cintura y la abrazó con fuerza.

–No te vas a marchar a ninguna parte.

–¿No?

–Hoy, no.

La besó en los labios, haciendo que Elizabeth sintiese humedad entre las piernas. Suspiró.

–Si no he traído nada.

–¿Qué necesitas? –le preguntó él, besándola en el cuello–. Esto. ¿O esto?

Ella se aferró a sus hombros, cada vez más excitada.

–Eres capaz de convencer a cualquiera –murmuró.

Él volvió a besarla.

–Al menos, lo intento –admitió.

Después de dos semanas trabajando y hablando con Abigail, Daniel estaba por fin contento con su proyecto. Se lo mandó todo a Rand y le dijo a Elizabeth que preparase una maleta para ir a la playa y buscase el pasaporte.

Su avión privado estaba preparado, esperándolos.

Durante el vuelo, mantuvo en secreto el destino. Elizabeth estaba preciosa, con un vestido de tirantes amarillo y sandalias a juego, y Daniel se preguntó si le parecería bien el lugar que había escogido. Había sido ella quien le había pedido que fuese un sitio íntimo.

Parecía contenta y se emocionó al ver el grupo de pequeñas islas y las palmeras.

–¡Es genial! –exclamó, llevándose las manos a las mejillas.

–Vamos a una isla muy pequeña –le dijo él–. Y muy romántica. Había pensado en ir más lejos, pero no quería perder tiempo en el viaje.

Ella le sonrió y a Daniel le entraron ganas de decirle que ya tendrían más tiempo al año siguiente, pero prefirió no precipitarse. Era evidente que estaban muy bien juntos, pero no quería hacer planes antes de tiempo. Todavía le quedaba un tiempo en Royal y seguiría viendo a Elizabeth entonces, pero si su diseño no tenía éxito, pronto tendría que volver a Nueva York. Y ella se quedaría en el sur.

No era culpa de ninguno. Eran cosas que no podían cambiar. Las circunstancias solo reafirmaban lo que era obvio. Él no quería una relación a distancia. Así que lo mejor sería disfrutar del tiempo que les quedase juntos.

Una mujer morena, vestida de vivos colores, los saludó. Recogieron el equipaje y fueron a su alojamiento en un todoterreno. Iban a quedarse en un bungaló con tejado de paja, situado en una idílica playa. Elizabeth suspiró sonoramente al entrar por la puerta. Los muebles eran de mimbre y el salón daba a una enorme terraza con vistas al mar turquesa.

–¿Cómo se llama este lugar?

–Es una isla privada que pertenece a un amigo mío –le dijo Daniel, apoyando una mano en la curva de su espalda–. Isla Sinbad.

Ella se giró a mirarlo con los ojos brillantes.

–¿Y tiene alguna historia de piratas? ¿De algún tesoro?

Él rio.

–Voto porque la exploremos y lo averigüemos.

Tal vez pudiesen empezar su propia historia.

–¿Habías venido antes?

–Mi amigo me había hecho el ofrecimiento muchas veces, pero nunca lo había aceptado.

–¿Y estamos solos?

–Solo están las personas que se ocupan del mantenimiento, que tienen su propio alojamiento al otro lado de la isla.

Ella sonrió y se quitó las sandalias.

–Hay algo que me gustaría probar.

–¿El qué?

–Quítate la ropa y te lo enseñaré.

Daniel deseó pellizcarse al ver que Elizabeth se quitaba el vestido y, después, el minúsculo bikini naranja que llevaba debajo. Él se quitó la camisa y ella se acercó a abrazarlo.

–¿Quieres probar la cama? –le preguntó Daniel.

–No, tonto –respondió Elizabeth–. Quiero probar el agua.

**

Elizabeth dejó a Daniel en la terraza, boquiabierto, mientras bajaba la docena de escalones que llevaban a la arena suave y caliente de la playa. Rio y metió los pies en el agua fría. Se fue metiendo e iba a sumergirse cuando un brazo la agarró por la cintura y la hundió.

El agua la cubrió hasta la cabeza y cuando volvió a la superficie oyó la risa de Daniel, que se mezcló con la suya. Intentó zafarse de él, pero no la dejó.

–Señorita Milton, es usted una chica rebelde.

–Tal vez te sorprenda –le contestó ella–, pero es la primera vez que corro desnuda por una playa.

–Me alegro de haber estado aquí para verlo.

Daniel la abrazó mientras ambos recuperaban la respiración.

Le acarició la espalda y la apretó contra su pecho.

–Creo que ha llegado el momento de admitir –le dijo–, que por algún extraño motivo, no tengo ganas de nadar.

–¿Quién ha hablado de nadar?

Elizabeth bajó las manos y rodeó con ellas su erección.

Daniel le agarró las piernas y las puso alrededor de su cintura.

Ella le mordió el labio inferior antes de besarlo apasionadamente. Tenía el corazón acelerado.

–¿No te importa asustar a las gaviotas?

—Espero que no te vaya a dar vergüenza ahora.

La bajó ligeramente para poder penetrarla con cuidado.

—Supongo que no –respondió ella.

Daniel la sujetó y ambos empezaron a moverse mientras se besaban. Cuando Elizabeth llegó al clímax, enterró la cara en su cuello, dejó la mente en blanco y se puso a temblar. Cuando por fin hubo terminado, lo apretó con las piernas para que entrase todavía un poco más, y entonces lo oyó jurar entre dientes. Y a pesar del aturdimiento, supo el motivo.

No se había puesto protección.

—Me has pillado desprevenido. Como siempre.

—Llévame dentro –le pidió Elizabeth.

La tomó en brazos y la llevó de vuelta al bungaló. Una vez allí, la dejó en el suelo, buscó un preservativo y la llevó hasta una espaciosa ducha. Debajo del chorro de agua caliente, se enjabonaron el uno al otro y cuando ya no pudieron más, Daniel le hizo el amor, esta vez con protección.

Luego se secaron con unas toallas grandes y suaves. Y mientras Elizabeth se secaba el pelo, él fue a ver qué había en la nevera para comer. Volvió al dormitorio con una bandeja llena de fruta, queso y pan. Después de dejar el banquete en la cama, hizo un segundo viaje y volvió con una botella de champán.

Luego hizo una reverencia.

–La comida está servida.

Elizabeth se puso en el centro de la cama, le metió una uva negra en la boca y se comió otra. Con el dulce jugo en la boca, se tumbó y se metió debajo de las sábanas.

–Me he muerto y estoy en el cielo.

–¿Cuándo fue la última vez que saliste de Royal?

–A principios de año. Estuve esquiando en Canadá y, después, en el sur de Francia. También fui a ver a unos amigos a Los Ángeles –le contó, mientras se incorporaba para cortar un trozo de Camembert–. El tiempo pasa demasiado deprisa.

–¿Y también van tus amigos a verte?

–Claro, pero la época de la universidad era diferente. Era como si formásemos parte de una gran familia. Mi amiga Kayla es como una hermana –le contó, aceptando una copa de champán–. Cuando era pequeña siempre le decía a mi madre que quería una hermana. E incluso un hermano.

–Sí, yo también.

–¿De verdad?

–Quiero decir que me gustaría seguir teniéndolo –dijo Daniel con el ceño fruncido–. Mis padres tuvieron otro hijo después de mí. Jonas murió con ocho años.

A Elizabeth se le encogió el corazón al oír aquello.

Se quedó en silencio. No tenía ni idea.

–Pensé que eras hijo único –balbució por fin–, como yo.

–No.

Ella dejó la uva que tenía en la mano.

–¿Quieres hablarme de él?

Daniel miró su copa y ella supo lo que estaba pensando. Estaba decidiendo si quería abrirse o no.

–Era muy bueno –empezó–. Siempre intentaba apoyar a un padre o al otro. Y me hacía reír. Le gustaba hacer teatro, bailar, cantar y hacer el payaso. Y pintar. Mamá quería que fuese a clases de dibujo. Papá decía que eso lo haría todavía más blando de lo que ya era. Nuestro padre habría preferido que ambos siguiésemos sus pasos.

Obligándose a recordar, Daniel se sentó en el borde de la cama.

–Íbamos a ir a Carolina cuando tuve una amigdalitis, así que Jonas fue solo. El chófer lo recogió, viajó en el avión, otra limusina lo llevó hasta la mansión y… –se interrumpió para apretar la mandíbula un instante, le ardía la garganta–. No volví a verlo.

–¿Qué pasó?

–Mi padre quiso llevárselo a cazar. Jonas habría hecho cualquier cosa por contentarlo, menos eso. Aun así, mi padre lo llevó. Hubo un accidente. Si no había odiado a ese hijo de perra hasta entonces…

Era algo que todavía no había digerido. En el trabajo, tenía una fotografía con su hermano en el fondo de un cajón, pero hacía años que no la miraba. Mirar fotos no servía de nada. Prefería no recordar.

–De todos modos, forma parte del pasado.

–El pasado nos convierte en quienes somos. El futuro, lo podemos crear nosotros –le dijo ella.

–Yo vivo mi futuro –le recordó Daniel–. Tengo todo lo que necesito.

–Si tú lo dices –murmuró Elizabeth.

–¿Qué tiene de malo dejar atrás el pasado? –le preguntó él–. Es mejor que aferrarse ciegamente a él.

–Daniel, mi situación y la tuya son completamente diferentes.

Él resopló.

–En eso estoy de acuerdo.

Ella se apartó, dolida, y Daniel se maldijo y le tomó la mano. Ese era el motivo por el que no solía permitir que el pasado, que aquellas sofocantes emociones, le afectasen. No había pretendido quitarle importancia al sufrimiento de Elizabeth.

–Lo siento –se disculpó, acariciándole la muñeca–. No sé lo que es perder a tus padres.

Ella intentó no parecer disgustada y dijo:

–Yo tampoco sé lo que es perder a un hermano.

«Es lo peor que me ha pasado en toda la vida. Algo que no pretendo volver a vivir. Por nadie ni por nada».

De repente, se le había quitado el hambre. Tomó la copa de Elizabeth, la dejó a un lado junto con la suya y la abrazó.

Le encantaba estar con ella. Se alegraba de haberla llevado allí, pero había algo que no le gustaba. Le daba miedo que intentase cambiarlo, ya que sabía que eso no iba a ocurrir. Le asustaba que le pidiese más. Tal vez, para siempre. No podía arriesgarse a tanto.

Aunque una parte de él desease poder hacerlo.

Capítulo Once

Tumbados en la cama, Elizabeth se imaginó a un Daniel mucho más joven ante la tumba de su hermano pequeño. Culpaba a su padre de la tragedia y nunca lo había perdonado. Eso hacía que la relación con su familia fuese mucho más difícil de reparar.

Se sintió dolida mientras él le acariciaba la cabeza y le daba un beso. Quería ayudarlo, como intentaba ayudar a las familias necesitadas, pero Daniel no necesitaba su dinero. Su problema era mucho más grave.

Podía fingir que su pasado le daba igual, pero estaba lleno de resentimiento.

¿También estaría convencido de que no quería formar su propia familia?

Un rato después comieron algo más, se vistieron y fueron a explorar la isla. Estuvieron paseando hasta que llegaron a una bonita cascada. Elizabeth estaba deseando probar el agua.

–Parece el escenario de una película –comentó suspirando, tomando aire–. Huele tan bien.

Se acercaron más y Daniel señaló la cascada.

–Yo creo que hay una cueva detrás.

A Elizabeth se le aceleró el pulso.

–A lo mejor hay un tesoro.

Él dejó en el suelo la mochila con las provisiones y le tomó la mano.

–Vamos a averiguarlo.

Con un coro de pájaros cantando de fondo y el olor a flores tropicales en el ambiente, rodearon el pozo y atravesaron la cascada de agua con cuidado para entrar en la gruta que había detrás.

–No veo monedas de oro por el suelo –comentó Daniel.

–Tal vez haya que entrar un poco más.

Siguieron andando y, después de unos minutos, Daniel comentó:

–Teníamos que haber traído una linterna.

–¿No te estarás poniendo nervioso, verdad?

–¿Yo? Si me encantan los murciélagos.

–¿Murciélagos?

–Y seguro que también hay muchos tipos distintos de arañas.

Ella se las imaginó cayéndole en la cabeza y sintió miedo, pero se puso muy recta y siguió andando.

Daniel la agarró con fuerza de la mano.

–¿No has tenido suficiente?

En ese momento oyeron un chillido y a Elizabeth le pareció ver un murciélago.

–Bueno, si quieres que nos marchemos...

Y Daniel rio.

Volvieron hacia la entrada de la cueva y Elizabeth se sentó, feliz.

–¿No te ha parecido divertido?

Él se puso cómodo a su lado.

–Señorita Milton, me parece que le gusta mucho la adrenalina.

–¿Qué pensarías si te digo que he pensado en hacer caso omiso del testamento? –admitió–. En marcharme.

Daniel la miró como si estuviese loca.

–Te diría que a Tremain le daría un ataque.

Ella tiró una piedra al agua.

–Me da igual lo que piense Chad.

–Le importas. Más de lo que debería.

Elizabeth lo miró.

–Los hombres sabemos de esas cosas –añadió Daniel.

Ella apartó la vista. No podía evitar que Chad quisiese algo con ella, pero nunca le había dado motivos para pensar que era recíproco. Solo se veían con regularidad por el rancho. Porque tenía que hacerlo para conservar su herencia.

–Aunque nunca lo haría, por supuesto –continuó ella–. Marcharme del rancho, quiero decir. No me marcharía sin más.

–Aunque tal vez no me creas, te comprendo.

–¿De verdad?

–Yo tampoco me marcharía nunca de Nueva York.

Mientras el agua seguía salpicándolos, Daniel la miró fijamente. Ambos sabían cuál era la situación del otro. Eran adultos y no habían ido allí a analizarse. Habían ido a pasarlo bien.

Elizabeth se puso en pie y, con cuidado, volvieron a salir a la luz del sol. Extendieron una manta cerca del pozo y comieron pollo y una ensalada de patata mientras charlaban.

–Casi no puedo creer que estuviésemos en Royal esta mañana –comentó Elizabeth mirando a su alrededor.

–¿Lo echas de menos?

–No.

–¿Tienes más historias para contarme? –le preguntó–. ¿Algo escandaloso?

Estaba pensando en Bradford Price.

–¿Sobre el club?

Él asintió.

–El club es un servicio público. Se habló mucho de él cuando se desmontó una red de tráfico de bebés.

–¿Se probó?

–Dicen que el club ayudó a evitar un sangriento derrocamiento en un principado europeo –le contó–. Y también se ha hablado mucho del enfrentamiento entre los Windcroft y los Devlin, las dos familias más importantes de Royal, pero la leyenda que más me gusta a mí es la que rodea a Jessamine Golden.

–¿Quién era?

–Una bandolera que, al parecer, es antepasada de nuestra Abigail Langley. Robó una pila de oro. Fue alrededor del año 1900. Estaba enamorada del *sheriff*, que fue a detenerla y desapareció. El alcalde fue a buscarlo y tanto este como sus hombres aparecieron muertos. Hace años se encontraron varias alforjas y un mapa que, al parecer, habían pertenecido a Jessamine.

–¿Y el oro?

–Hace unos años, el club estuvo implicado en un misterio, y en un asesinato relacionado con ese mapa, que se suponía que llevaba al oro, pero, que yo sepa, no lo ha encontrado nadie.

–Pues deberías organizar una caza del tesoro en Royal.

Ella sonrió y se inclinó a darle un beso.

–Tal vez lo haga.

Esa noche cenaron cangrejos y frutas exóticas. Daniel encontró un aparato de música y, después de recoger la mesa, bailaron bajo las estrellas. Cuando Daniel la besó, Elizabeth notó que los ojos se le llenaban de lágrimas.

Unos años antes no le había importado el tiempo. En esos momentos, o pasaba demasiado rápidamente, o demasiado despacio. En esos momentos era lo primero.

Hicieron el amor pausadamente y Elizabeth se quedó con ganas de más.

A la mañana siguiente desayunaron huevos, fruta y bollos, jugaron al voleibol en la playa y se bañaron. Y después comieron y fueron a echarse la siesta.

Aunque no durmieron mucho.

Por la tarde, volvieron a salir.

–Es como estar en otro mundo –comentó Elizabeth mientras se tomaban una copa en la terraza.

–¿Preferirías estar en Roma, Londres o Singapur? ¿De compras? –le preguntó Daniel–. ¿O haciendo *puenting* en África?

–Eres demasiado viejo y aburrido –bromeó ella.

–Y tú eres preciosa.

Se quedaron unos momentos en silencio y luego Daniel miró a su alrededor y dijo:

–Voto porque hoy exploremos aquella zona.

Elizabeth todavía estaba recuperándose del momento que acababan de vivir.

–Apruebo la moción –le contestó, pensando que, por muy bien que lo estuviesen pasando allí, al día siguiente tendrían que volver a la realidad.

Se pusieron unos sombreros y caminaron por el borde del agua, hacia una zona de rocas aplanadas por las olas.

A lo lejos, Elizabeth vio moverse un pájaro. Alto, elegante, de color rosado. Se llevó la mano a la boca para contener una carcajada.

–Mira –dijo, señalándolo–. Un flamenco de verdad.

Daniel se hizo sombra con la mano.

–Sí.

–Me pregunto si habrá más.

Se fueron acercando despacio para no asustar al animal, que, no obstante, se alejó de ellos.

Daniel agarró a Elizabeth del brazo.

–Deberíamos dejarlo en paz.

Ella lo pensó, pero negó con la cabeza.

–Vamos a ver adónde va.

Daniel sonrió y siguieron al pájaro.

Rodearon una esquina y Elizabeth se sintió decepcionada.

–Se ha ido.

Daniel la abrazó.

–Supongo que ya es una suerte que lo hayamos visto.

La misma suerte que había tenido ella de conocer a Daniel, que le había dado color a su vida.

Elizabeth cerró los ojos con fuerza.

Después de estar allí con él, no sabía cómo iba a decirle adiós. A partir de enero, volvería a tener dos meses libres, pero ¿querría Daniel pasar tiempo con ella? Era un hombre muy ocupado y seguro que tenía a muchas mujeres a sus pies.

Él la agarró con más fuerza y le dijo:

–Mira.

Ella abrió los ojos y vio varios flamencos entre las plantas. El corazón se le volvió a acelerar, se acercó más, con Daniel a su lado.

–Es una bandada entera –comentó este.

–También los hay pequeños –dijo Elizabeth emocionada–. Es lo más bonito que he visto en toda mi vida.

De repente, se sentía viva. Adulta. Era distinto a galopar por las praderas. Mejor que cenar en los mejores restaurantes de París. Y no pudo evitar preguntarse…

El escenario era increíble, pero ¿no le parecería tan especial solo porque estaba con Daniel?

¿Era ella la única que se estaba enamorando?

Capítulo Doce

El avión volvió a la isla a recogerlos a media mañana del día siguiente. Daniel podría haberse quedado otra semana. O dos. Y viendo el gesto estoico de Elizabeth mientras subía al aparato, supo que ella también.

Le gustaba pensar que habría otra ocasión, pero dadas las circunstancias de Elizabeth, que solo podía estar fuera de Royal dos meses al año, no había querido hacerle ninguna otra invitación. Todavía faltaban varias semanas para que terminase el año. Podían pasar muchas cosas en ese tiempo. Si era del todo sincero, Elizabeth le gustaba demasiado como para arriesgarse a hacerle daño. Por muy bien que se sintiese con ella, y le hacía sentirse genial, no tenían futuro. Él no quería una relación a largo plazo ni una esposa. No quería tener hijos. No quería volver a arriesgarse a perder una familia. Y si eso lo convertía en un hombre pesimista, no le importaba.

Y aunque hubiese querido casarse, no se imaginaba viviendo en el sur. Tal vez la Elizabeth más salvaje se sintiese aprisionada por el testamento de sus padres, pero le había dejado claro que había tomado la decisión de quedarse en el rancho. Y Daniel se quitaba el sombrero ante ella, pero su vida, tanto profesional como personal, estaba en Nueva York.

A pesar de que Elizabeth todavía era relativamente joven, no tardaría en pensar que quería casarse. Y él no era el hombre adecuado. No merecía la pena fingir lo contrario. Tal vez lo mejor fuese que no le diesen el visto bueno a su proyecto, así podría acelerar lo inevitable. Podría marcharse y volver a estar instalado en Nueva York en un par de días.

El vuelo hasta Texas transcurrió en silencio. Elizabeth parecía sumida en sus pensamientos, lo mismo que él. Al aterrizar en Royal, el humor de ambos era muy distinto al de la partida.

–Te llevaré al rancho –le dijo Daniel mientras subían al coche con chófer que los estaba esperando–. Luego tengo que ir a trabajar al hotel.

Ella lo miró con los ojos llenos de esperanza.

–¿Quieres venir a cenar esta noche?

Por supuesto que quería. Lo estaba deseando. Lo que significaba que debía retroceder y distanciarse un poco para poder aclimatarse a la realidad.

–¿Te importa si lo dejamos para otro día? –le preguntó, sentándose a su lado–. No sé cuánto tiempo voy a tener que hablar con Rand. A lo mejor le digo que vuelva a Royal. O voy yo a ver cómo van las cosas por allí.

Ella sonrió con tristeza.

–¿Vas a marcharte a Nueva York, ahora?

–Allí es donde tengo el estudio –le contestó él.

–Ya lo sé. Es solo que… –empezó. Luego tragó saliva y miró hacia la ventana–. Da igual.

Fueron hasta el rancho Milton en silencio. Daniel intentó darle conversación a Elizabeth, pero no lo consiguió. El ambiente del coche era un reflejo del paisaje, los árboles eran enanos y las llanuras estaban casi desnudas. En comparación con el escenario que acababan de dejar en la isla, Royal era un desierto.

Cuando el coche se detuvo delante del rancho, el chófer abrió la puerta, pero Daniel se empeñó en llevar el equipaje de Elizabeth y le pidió al hombre que se llevase el coche y lo esperase en el lateral de la casa.

–Puedes dejar las maletas aquí –dijo Elizabeth cuando llegaron a la puerta, mirándolo con los ojos brillantes–. Gracias, Daniel, por haberme llevado. He pasado unos días maravillosos.

–Ojalá hubiesen podido ser más.

–Tal vez podamos repetirlo en otra ocasión –sugirió ella.

Daniel buscó una respuesta que ni la ofendiese, ni lo comprometiese a él. Asintió, sonrió y espetó:

–Por supuesto.

Oyeron una voz desde el pasillo.

–¿Beth? ¿Eres tú?

Al oír la voz de Nita, Daniel retrocedió y contuvo las ganas de besar a Elizabeth por última vez antes de marcharse.

El ama de llaves llegó hasta la puerta sonriendo. Le dio un beso a Elizabeth en la mejilla y se puso de puntillas para hacer lo mismo con Daniel. Este se tocó la cara. Si hubiese tenido una abuela, le hubiese gustado que fuese Nita.

—Llegas justo a tiempo de probar mi pastel texano —anunció la mujer, entrelazando un brazo con el suyo y haciéndolo entrar—. ¿Te gustan las nueces y el chocolate?

Daniel intentó encontrar una excusa. Quería poner algo de distancia con Elizabeth, y con las expectativas que esta pudiese tener de lo suyo, pero no encontró ninguna. Sobre todo, al ver que Elizabeth parecía tan contenta de que hubiese entrado. Así que se rindió y se dejó llevar a la cocina, su lugar favorito de la casa, donde olía deliciosamente.

Mientras Elizabeth y él se sentaban a la mesa, Nita cortó dos trozos de pastel y los sirvió en dos platos.

—Está recién sacado del horno —comentó, poniéndoles los platos delante—. ¿Qué tal ha ido vuestro viaje?

—Hemos visto flamencos —anunció Elizabeth antes de meterse una nuez en la boca—. Flamencos de verdad. Y hemos explorado una cueva a ver si encontrábamos un tesoro.

Nita se echó a reír.

—Hablas como un niño en Navidad —comentó, encendiendo la cafetera—. ¿Y tú, Daniel? ¿También has vuelto revitalizado?

–Ha sido una escapada genial –admitió él, contento al ver que Elizabeth volvía a estar animada.

El pastel de Nita era un extra más. Tenía que ponerse en contacto con Rand, pero sabía que este lo tendría todo bajo control. Era agradable, poder delegar la responsabilidad en alguien. Fingir que podía hacer aquello, estar con Elizabeth, todo el tiempo que quisiera.

Nita recordó algo y juntó las manos.

–Has recibido una carta interesante esta mañana, Beth. La ha traído una mujer.

Buscó en un cajón y sacó un gran sobre de color rosa.

–No trae remite –comentó, acercándose de nuevo.

Con curiosidad, Elizabeth dejó el tenedor y abrió el sobre. Miró dentro y luego sacó el contenido a la mesa. Daniel retrocedió nada más verlo. El impacto visual fue muy fuerte, al menos para él.

Era la fotografía de una mujer delante de una casa humilde. Tenía las manos apoyadas en los hombros de dos niños de unos ocho y diez años de edad. Todos estaban sonrientes. Tenían el pelo y los ojos oscuros y el más pequeño se parecía mucho a Jonas.

Elizabeth tomó la fotografía y asintió satisfecha.

–Van a empezar de cero.

Nita tomó la foto también, la miró y comentó:

–Bonita familia.

Luego se la ofreció a Daniel.

–¿No crees que parecen felices?

Daniel tenía un nudo en la garganta y pensó que no iba a poder hablar. Tragó saliva mientras miraba los tres rostros sonrientes y asintió.

–Sí. Parecen muy felices.

Entonces sonó el timbre y Nita fue a abrir.

–Hoy hay más jaleo aquí que en la feria.

–Ha debido de organizarse muy rápidamente para haber encontrado una casa tan pronto –comentó Elizabeth, refiriéndose a la mujer de la fotografía y desdoblando una nota–. Es de su hermana. Dice que ha encontrado un coche a muy buen precio, y que mañana tiene una entrevista para trabajar en una cafetería.

Se metió un mechón de pelo detrás de la oreja y continuó leyendo.

–Quiere volver a estudiar. Al parecer, no terminó el instituto.

Cuando dejó la carta en la mesa, su mirada era distante. Daniel se dio cuenta de lo que estaba pensando.

–¿También quieres ayudarla en eso?

Ella volvió a tomar la fotografía y se fijó en las sonrisas, llenas de promesas, de agradecimiento y de futuro. Suspiró.

–Esto hace que todo merezca la pena.

Daniel se echó hacia atrás, seguro de una cosa. Tal vez Elizabeth no tuviese todo lo que quería. Tal vez no tuviese libertad y ese fuese un precio muy alto que pagar, pero era feliz allí, con el rancho y con su trabajo. Miró a su alrededor y se dijo que si él hubiese tenido una casa como aquella, con los recuerdos que tenía ella y con un trabajo que le gustase, tampoco se marcharía nunca.

Nita apareció en la puerta de la cocina con los hombros caídos.

–Beth, tienes visita.

Cuando Chad Tremain entró en la habitación, con su corbata de cordón y sus botas de vaquero, con el sombrero blanco en la mano, Daniel se puso tenso. Y lo mismo le ocurrió a Tremain nada más verlo a él. Frunció el ceño, apretó los labios. Si no hubiese estado tan emocionalmente agitado, Daniel se habría echado a reír. Se sentía como si estuviesen a punto de retarlo a un duelo.

Se puso en pie.

–Llevo varios días sin poder localizarte –le dijo Chad a Elizabeth sin apartar la mirada de Daniel–. Nita me dijo que me devolverías las llamadas, pero no lo has hecho. Estaba empezando a preocuparme.

–Pues no te preocupes, Chad –le dijo Elizabeth, poniéndose también de pie–. Ya ves que estoy bien.

Chad bajó la vista a los platos con el pastel y luego levantó la nariz, como olfateando el aire. Por educación, tenían que haberlo invitado a sentarse y tomar un trozo, pero nadie se lo ofreció.

–Creo que es mi deber recordarte, por si no eres consciente –continuó Chad–, de que ya no te quedan días de vacaciones.

Daniel pasó al lado de Elizabeth y se colocó delante de Tremain. Estaba claro lo que este quería decir, que no quería verlo con su joven cliente. Daniel pensó que tal vez debiesen arreglar aquello a la antigua usanza. A puñetazos.

–Elizabeth conoce muy bien sus obligaciones –dijo.

Tremain lo miró con desdén.

–Discúlpeme, señor, pero no estoy hablando con usted.

Daniel arqueó las cejas. Estaba empezando a enfadarse.

–¿Cuál es su problema, Tremain? ¿Solo le gusta que defiendan a Elizabeth si es usted quien lo hace?

Ella se interpuso entre ambos y levantó las manos para intentar separarlos.

–Esto es una pérdida de tiempo –dijo–. Soy yo quien toma las decisiones.

Chad la miró.

–Por supuesto, querida –le dijo, bajando el tono.

–Y te agradecería que no me tratases con condescendencia, Chad –replicó ella, poniéndose muy recta.

A este le brillaron los ojos un instante, palideció un poco y levantó la barbilla.

–¿Va a tardar mucho en marcharse el señor

Warren? –le preguntó–. Tenemos asuntos importantes de los que hablar.

Elizabeth dudó y Daniel supo que lo más inteligente, dadas las circunstancias, era marcharse en ese momento. Elizabeth era una mujer inteligente y sabría escapar de Tremain a su manera. Cuando llegase el momento.

Le tocó el hombro.

–Será mejor que me marche.

Vio una mezcla de emociones en su rostro. Agradecimiento por que no se hubiese pasado de machito y le hubiese dado un puñetazo al otro hombre. Decepción porque quería que se quedase.

–Siéntate y termina el pastel, Daniel –le dijo, girándose después hacia Tremain–. Chad, a partir de ahora, si tienes que pasarme cualquier información o noticia, te agradecería que lo hicieras por correo electrónico. Yo haré lo mismo.

Chad se puso serio.

–No te precipites, Elizabeth…

–¿Que no me precipite? –replicó ella, riendo con desgana–. Llevo años tragándome este comportamiento tan inaceptable.

–Tu padre…

Ella levantó ambas manos.

–No me presiones, Chad. No vuelvas a hacerlo nunca jamás. Si lo haces, te prometo que buscaré al mejor abogado de Texas para que encuentre alguna fisura legal en el testamento, cuando termine contigo por la vía legal, tendré treinta años y habrás perdido mucho dinero y seguirás sin controlarme.

Daniel, que se había quedado boquiabierto, cerró la boca. Le gustó pensar que tenía algo que ver con el hecho de que Elizabeth se hubiese enfrentado a Tremain, pero tenía la sensación de que lo que había ocurrido era que esta estaba harta de que la manipulasen.

Con el corazón acelerado, Tremain abrió la boca para protestar, pero no lo hizo. Se limitó a decir en voz baja.

–Solo quería cuidar de ti.

Después de unos segundos de silencio, Elizabeth avanzó y le puso con firmeza una mano en la chaqueta.

–Ya va siendo hora de que te marches.

Tremain respiró varias veces y luego sonrió débilmente a la mujer de la que estaba claramente enamorado.

–Si necesitas algo…

–Sabré dónde encontrarte –le dijo ella en tono amable.

Tremain se dio la media vuelta para marcharse, pero antes se detuvo un instante para fulminar a Daniel con la mirada.

–Si no la cuidas, tendrás que responder ante mí.

Mientras desaparecía por la puerta, Daniel procesó sus palabras. Era cierto que se había llevado a Elizabeth un par de días. Habían hecho el amor. Muchas veces. Pero no tenía la intención de casarse con ella, si era eso a lo que Tremain se había referido.

Vio cómo lo estaba mirando Elizabeth y empezó a picarle todo. Pensó en el día a día en un rancho, pensó en la familia a la que había ayudado, y recordó lo horrible que había sido su propia niñez.

Hacía años que había prometido no casarse nunca. No comprometerse. En esos momentos, estaba casi ahogándose en la esperanza.

Se aclaró la garganta, miró a su alrededor. Nita había desaparecido.

–No volverá a molestarte –le dijo a Elizabeth.

Tal vez Tremain fuese un hombre obstinado, pero no era un bruto, y no tenía nada de tonto. Ya sabía que no tenía ninguna posibilidad con Elizabeth, así que lo aceptaría y seguiría con su vida.

–Yo creo que Chad piensa que tenemos algo que no tenemos –comentó ella.

–Estoy de acuerdo.

Elizabeth dejó escapar una carcajada.

–Por su manera de hablar, cualquiera diría que pensaba que ibas a dejar Nueva York para venirte a vivir aquí.

Con sus palabras le estaba diciendo que era algo que no le importaba, pero su mirada la contradijo.

A Daniel se le hizo un nudo en el pecho y supo que no se le desharía hasta que no hablase. Llevaba demasiado tiempo posponiendo aquella conversación. Tenía que poner las cartas sobre la mesa. Dejar las cosas claras, sobre todo, por el bien de Elizabeth.

—Si a los miembros del club les gusta mi proyecto, vendré mucho por aquí durante los próximos seis meses. En ese caso, me encantaría seguir viéndote.

Ella sonrió con sinceridad.

—A mí también.

Daniel le tomó la mano.

—Pero, Elizabeth, tengo que decirte que... no busco una relación duradera. No la quiero ahora y no la querré nunca.

Ella echó la cabeza hacia atrás y se puso seria, pero enseguida hizo un esfuerzo por volver a sonreír.

—Vaya, no recuerdo haberle pedido la mano, señor Warren.

A él le sorprendió su tono de voz. ¿Estaba bromeando?

—Solo he pensado que era mejor ser sincero desde el principio —le explicó.

—Estoy de acuerdo.

—Entonces, ¿te parece bien?

—¿Si me parece bien el qué? —preguntó ella, bajando los ojos al suelo durante unos segundos.

Cuando sus miradas volvieron a encontrarse, la expresión de Elizabeth estaba vacía de toda emoción, solo había un ápice de burla en sus ojos.

—Lo que yo quiera da igual, ¿no?

Daniel se metió las manos en los bolsillos traseros de los vaqueros.

–Lo dices como si esto te hubiese pillado por sorpresa. Como si no me conocieses.

–Sé que tuviste una infancia difícil, con unos padres que anteponían sus vidas a las necesidades de su propio hijo. Sé que perdiste a tu hermano pequeño y que todavía te duele como si hubiese ocurrido ayer. Y sé que nunca te has enfrentado al dolor, que sigues eludiéndolo y huyendo de él.

A Daniel se le fue acelerando el pulso con cada palabra y fue apretando la mandíbula cada vez más. Elizabeth tenía razón, por supuesto, pero era su vida y ni siquiera comprender todo lo ocurrido cambiaba los hechos.

–Soy lo que soy, Elizabeth.

–Y eres alguien, pero si a ti te da igual, declino tu invitación.

–¿No quieres que nos sigamos viendo si consigo el trabajo?

«¿Qué quieres? ¿Un compromiso? ¿Un enorme anillo de diamantes?».

–Tú no eres el único con derecho a poner condiciones –le dijo ella.

Daniel se frotó la nuca.

–No te habías parado a verlo así, ¿verdad? –añadió Elizabeth.

–No quiero discutir –respondió él, bajando la voz.

–No, lo que quieres es marcharte de aquí diciéndote a ti mismo que me has ahorrado mucho dolor. Y ¿sabes qué? —le preguntó ella con los ojos húmedos—. Que es probable que tengas razón.

Tenía las mejillas encendidas y Daniel también notó calor.

—Sabía que no tenía que haber entrado —murmuró, yendo hacia la puerta.

Ella se cruzó de brazos e intentó tragarse el nudo que se le había hecho en la garganta.

—No me arrepiento de haber estado estos días contigo, pero, francamente, me ofende que solo me metas en tu agenda si te viene bien. Supongo que, a ese respecto, soy un poco anticuada.

Daniel tenía miles de cosas en la cabeza, pero sabía que no debía decir ninguna. Exhaló.

—Supongo que no tenemos nada más que decirnos, salvo que ya nos veremos por ahí.

—Yo estaré aquí.

Pero cuando se dio la vuelta para marcharse, Elizabeth lo llamó.

—Daniel, espera.

Él se giró. Estaba tan guapa, de pie, con un sencillo vestido amarillo, despeinada y con la piel sonrosada por el sol. Bajó la vista a sus labios. Carnosos. Húmedos.

Y contuvo un gemido.

Si Elizabeth le pedía que lo reconsiderase, ¿cómo iba a decirle que no?

Descruzó los brazos y avanzó dos pasos hacia él. Esbozó una sonrisa. Daniel estaba a punto de ahorrarle el sufrimiento, de acercarse también y besarla, de demostrarle que se arrepentía de aquella discusión.

Pero entonces la vio limpiarse las palmas de las manos en el vestido, levantar la barbilla y decirle:

–Buena suerte con el proyecto. No te acompaño, ya sabes dónde está la puerta.

Capítulo Trece

Daniel volvió a Nueva York esa misma tarde. Tal y como le había dicho a Elizabeth, quería hablar con Rand del proyecto del club y, dado que no había nada que lo retuviese en Royal, nada en absoluto, ¿por qué perder el tiempo allí cuando podía hablar con su ayudante en persona?

Al entrar en su estudio a la mañana siguiente, recién afeitado y preparado para remangarse, Daniel se dijo a sí mismo que era estupendo estar de vuelta. Millicient, la supereficiente recepcionista de pelo cano de Warren Architect's lo saludó con una amplia sonrisa. Blair, su asistente personal, se levantó de su sillón al verlo entrar y le dio los buenos días. Entró en su despacho, que tenía unas maravillosas vistas al edificio Chrysler, uno de los más importantes de la ciudad, y suspiró satisfecho.

La discusión con Elizabeth no había sido agradable. Deseaba haber podido despedirse de otra manera, pero no merecía la pena darle vueltas al tema. No podía hacer nada al respecto. Había hecho lo correcto marchándose y ya estaba en casa, donde tenía que estar, y donde iba a quedarse.

Se sentó en su sillón de piel de respaldo alto, se tocó la barbilla y disfrutó de las vistas que le ofrecían los ventanales que llegaban del suelo al techo. El olor a donuts y a café, a trabajo duro y a éxito...

Oyó que llamaban y se puso recto. Rand había abierto la puerta del despacho.

–Me han dicho que estabas aquí. ¿Preparado para que te bombardee?

Daniel golpeó el escritorio con las palmas de las manos.

–Dispara.

Se acercaron a una de las mesas de dibujo y Rand desenrolló un dibujo. Daniel se puso las gafas y estudió los detalles mientras Rand le hacía un resumen acerca de cómo había incorporado en él las ideas de su jefe.

Después de media hora hablando del presupuesto, de las normas de seguridad y de la disponibilidad del material, Daniel se quitó las gafas y le dio una palmada en la espalda a su amigo.

–Bien hecho.

–Me pondré a trabajar inmediatamente en la maqueta. ¿Cuándo vamos a volver a Royal? ¿Los mandamases del club ser reúnen la semana que viene, ¿no es así?

–¿Por qué no nos limitamos a pasar los bocetos a un software de 3-D? Yo creo que en esta ocasión no hace falta que me acompañéis.

Daniel prefería ir y venir rápidamente.

Rand se apoyó en la mesa.

–¿Tienes planeado pasar más tiempo con tu amiga?

–No en este viaje –admitió él, volviendo a enrollar el dibujo–. Ni en el futuro, la verdad.

Rand frunció el ceño.

–¿Os habéis peleado?

–Más bien, hemos decidido pasar página.

Daniel fue hasta su escritorio y dejó a Rand sacudiendo la cabeza.

–Ya lo veremos. Te he visto con muchas mujeres, pero con Elizabeth Milton te he visto muy bien.

Sin apartar la atención de los papeles, Daniel sonrió levemente.

–Ya lo veremos.

Rand se acercó.

–Pensé que habías dicho que os ibais a ir un par de días juntos.

Daniel no levantó la cabeza.

–Sí. Lo hicimos.

Rand apoyó la cadera en la esquina del escritorio. Después de unos segundos, Daniel levantó la vista.

–¿Qué?

–Que te has enamorado de ella, ¿verdad?

Horrorizado, daniel echó la silla hacia atrás y fue a mirar por la ventana para ver el Chrysler. Su inspiración. Desde que había decidido hacerse arquitecto, había soñado con crear un edificio con el mismo impacto que aquel. Con la misma dignidad y durabilidad.

Expiró.

En el fondo, los edificios no eran más que ladrillos y cemento.

–Aunque me hubiese enamorado de ella –empezó, sin apartar la vista de Manhattan–, no tenemos futuro.

–¿Te asusta el compromiso?

–Por supuesto –admitió, encogiéndose de hombros–. Está eso, pero también que procedemos de mundos diferentes. O, más bien, que hemos escogido mundos distintos. Ella no quiere dejar el suyo y yo tampoco voy a abandonar el mío.

Aunque comprendía la situación de Elizabeth, se lo habían dado todo hecho. Él, por su parte, había rechazado los sobornos de sus padres, había luchado y se había hecho a sí mismo. Y no lo lamentaba.

Además, pretendía conservar todo lo que tenía. Nueva York era algo más que su hogar. Su alma estaba allí. Lo mismo que Elizabeth tenía la suya en el rancho Milton.

Miró a Rand, que estaba intentando contener una sonrisa.

–¿He dicho algo gracioso?

Rand sacó los dedos índice y pulgar y lo señaló.

–Tal vez un poco.

Daniel se volvió hacia él.

–Espero que sea bueno.

–Hablas como un niño en un arenero: «No le

158

voy a prestar a esa niña mi pelota» –dijo con voz infantil–, «si ella no me presta a mí la suya».

Rand era su amigo. Un buen amigo. Daniel solía escucharlo, pero en esa ocasión estaba equivocado.

–No es un juego.

–Yo no he dicho eso –le contestó Rand, poniéndose serio–. Y si no podéis comprometeros, lo mejor es que cada uno recojáis vuestra pelota y os marchéis a casa.

–De acuerdo –le dijo Daniel, levantando ambas manos–. Ya vale de hablar de pelotas, de volver a casa y de decirme que no soy lo suficientemente maduro como para enfrentarme a esto.

–Entonces, ¿qué vas a hacer al respecto?

–Nada.

Rand se quedó inexpresivo.

–Nada.

–Si Elizabeth y yo estuviésemos juntos, si yo fuese, ya sabes…

–¿A pedirle que se casase contigo?

–Sí –dijo Daniel, rascándose detrás de la oreja–. Eso. Aunque pudiésemos tener una relación a distancia, ella querría formar una familia.

Pensó en el compromiso que tenía con sus padres fallecidos. En el dinero que había dado para ayudar a otras mujeres con hijos.

–Para ella la familia es muy importante –añadió.

Se sentó de nuevo detrás del escritorio, se dejó caer en el sillón, y una imagen de Jonas pasó por su mente.

Aquello había sido demasiado duro.

–Creo que tienes mucho en lo que pensar –comentó Rand.

Daniel frunció el ceño.

–Había terminado de pensar hasta que tú has entrado.

Su ayudante le guiñó un ojo y añadió:

–De nada.

Luego cerró la puerta tras de él, dejando a Daniel con los ojos cerrados, intentando ver más allá de la coraza que había levantado para protegerse.

Unos minutos después, bajó la vista al último cajón del escritorio, el corazón se le aceleró y se puso a sudar. Con la mirada clavada en el cajón, se frotó la barbilla, el cuello sudado. Esperó unos segundos más antes de inclinarse y abrir el cajón rápidamente, antes de que le diese tiempo a cambiar de opinión.

Le tembló la mano al buscar entre los documentos desordenados y tocar una superficie suave y fría que no había visto la luz del día en una década.

Levantó la fotografía y se obligó a absorber la imagen que le producía una sensación tan agridulce.

Vio a dos niños sonriendo, uno más alto que el otro, abrazados por los hombros. Miró al niño más pequeño, su sonrisa, su pelo oscuro, su aire inocente, la mancha de pintura azul en su camiseta.

Sintió náuseas, pero se contuvo.

No pasaba ni un día sin que echase de menos a su hermano pequeño. No pasaba ni un día sin que intentase bloquear el dolor que, en momentos como aquel, intentaba salir a la superficie y hacerle enfrentarse a la realidad una vez más.

Dejó la fotografía encima del escritorio, colocó la mano encima, cerró los ojos y rezó porque su hermano pudiese, de algún modo… sentirlo.

Si algún día tenía un hijo, ¿se parecería a Jonas? ¿Podría ser un buen padre? ¿Un buen marido?

¿Existía alguna posibilidad de que Elizabeth y él diesen el siguiente paso? ¿Y si su matrimonio y su familia fracasaban? Había pocas cosas que le diesen miedo, pero aquella posibilidad lo asustaba mucho. Tal vez fuese un cobarde, tal vez estuviese huyendo, pero al menos no tenía que darle explicaciones a nadie.

Elizabeth no estaba contando los días.

Sabía que los miembros del club iban a reunirse esa tarde para ver el proyecto de Daniel, pero solo porque Abigail no había dejado de recordárselo durante toda la semana anterior, desde que había vuelto de aquella isla de ensueño… de su brevísima escapada romántica. Desde entonces, solo había podido pensar en lo mucho que deseaba poder volver algún día con Daniel.

Pero eso no iba a ocurrir, se recordó mientras

montaba a Ame. Estaba en casa, superándolo, y eso era todo.

El aspecto positivo de todo aquello era que había aclarado su situación con Chad, que si estaba herido o enfadado con ella, acabaría acostumbrándose. También había seguido en contacto con la casa de acogida. Dado que estaba inquieta, había pensado que seguro que podía hacer algo para ayudar a las familias más necesitadas de la comunidad. Summer Franklin, la directora de la casa, le había expresado su gratitud y le había dado varias ideas.

Y luego estaba Daniel.

Por enésima vez, lo recordó riendo y persiguiéndola en el mar. Se le encogió el estómago y se apretó contra el cuello caliente de Ame, mirando hacia la puerta del establo sin verla, permitiéndose un momento de reflexión. De sentimiento.

Le había dado pena verlo marchar. En realidad, se había quedado destrozada. Había estado a punto de echarse a llorar. Había estado a punto de venirse abajo y de rogarle que no se marchase.

Fue a buscar una manzana para Ame y pensó que cuanto más tiempo pasaba, más fuerte se sentía. No quería volver a verlo. Lo habían pasado bien juntos. Habían compartido unos días maravillosos, pero eso no significaba, dadas las circunstancias de ambos, que aquello pudiese continuar. Daniel no iba a estar yendo y viniendo de Nueva York a Royal, como le habían obligado a hacer de niño. No quería vivir fuera de Manhattan y ella estaba obligada a permanecer en Texas.

Ame mordió la manzana que le ofrecía y ella apretó la mandíbula. En un año podría estar otra vez estudiando, podría haber estado en Australia. Hasta podría tener un nuevo amor, aunque no creía posible encontrar a nadie que le hiciese sombra a Daniel.

Se le encogió el corazón.

No se veía capaz de estar con ningún otro hombre.

Ricquo asomó la cabeza en el establo.

—Siento interrumpir, pero ha venido el señor Tremain.

Elizabeth gimió. Se sintió tentada a pedirle a Ricquo que le dijese que no estaba, pero quería saber el motivo de la visita de Chad. Si pensaba que la amenaza de tomar medidas legales era un farol, estaba equivocado.

Vio a Chad fuera del establo. Vestido con vaqueros y una camisa de trabajo, parecía preparado para montar a caballo. Sonrió al verla.

—No te asustes. No he venido por trabajo, sino por un tema personal.

Ella avanzó.

—¿Ha pasado algo?

—He pensado que a lo mejor te apetecía que te llevase a la ciudad. Ya sabes que hoy se reúnen los miembros del club. ¿No quieres estar allí para felicitar a Abigail si su proyecto de reforma del club resulta elegido?

A Elizabeth le emocionó el detalle, ya que sabía que era sincero.

—Es todo un detalle por tu parte, pero ya he quedado con Abigail para tomar algo después.

—¿No quieres ver a Daniel Warren antes de que se marche otra vez? Tengo entendido que solo va a quedarse lo que dure la reunión. Si su proyecto sale adelante, enviará a otra persona para que se ocupe de todo.

Aquello le dolió a Elizabeth, que se mordió el labio inferior para distraerse. Así que Daniel no quería estar allí ni mientras trabajase en el proyecto del club. Quería evitarla en la medida de lo posible. Se puso a cepillar a Ame. Le daba igual.

Pero entonces volvió a mirar a Chad y frunció el ceño.

—¿Por qué has venido a contármelo?

Él se encogió de hombros.

—Porque quiero verte feliz. Siempre lo he querido.

La expresión de su rostro hizo que a Elizabeth se le encogiese el pecho.

—Te lo agradezco, pero mi felicidad no está en esa dirección —admitió—. Daniel y yo hemos discutido.

—Ya lo he oído. Ya sabes que no es fácil guardar secretos en Royal —le dijo Chad, metiéndose la mano en el bolsillo de la camisa para sacar un sobre—. Esto es para ti.

Elizabeth dejó de cepillar al caballo para acercarse.

—¿Qué es?

—Algo que podría cambiarlo todo.

Hacía media hora que estaba de vuelta en Royal. Esperó al fondo de la sala de reuniones del Club de Ganaderos de Texas a que le tocase su turno.

Se sintió extraño, estando allí otra vez. Extraño, sabiendo que solo se quedaría más o menos una hora. Elizabeth Milton estaba a un paseo de allí y él había tomado la decisión de no ceder a la tentación de ir a verla. No quería volver a verla jamás. Lo había hablado con Rand ese mismo día y estaba decidido.

Por mucho que disfrutasen estando juntos, por bien que encajasen en muchos aspectos, los obstáculos que los separaban eran demasiado grandes para salvarlos. Él no soportaba las relaciones a distancia. Y ella tenía que cuidar del rancho.

Intentó concentrarse. Abigail estaba dirigiéndose a los miembros del club.

—Todos conocéis ya a mi amigo y arquitecto, Daniel Warren —empezó—. Daniel ha accedido a venir hoy a enseñarnos su nuevo proyecto. Sé que algunos no estáis de acuerdo con que se reforme el club. A algunos ni siquiera os gusta que yo pueda estar aquí hoy como miembro del club, pero hoy os voy a pedir que recordéis el credo del club y que antepongáis vuestra hospitalidad y buena fe a las dudas y recelos.

Abigail miró a su alrededor y luego le hizo un gesto a Daniel para que se acercase.

–Caballeros, Daniel Warren.

Una cantidad razonable de aplausos llenó la sala. Daniel sonrió e inclinó la cabeza, y se dijo a sí mismo que había tenido públicos más duros, aunque no mucho.

Se pasó la mano por la corbata y empezó:

–En el breve tiempo que he conocido Royal, he podido apreciar un poco lo que es importante para esta comunidad y, en concreto, para el club. Un gran orgullo, construido sobre grandes retos, ha ayudado a levantar estar paredes. Comprendo a aquellos que no quieren celebrar lo que les puede parecer la destrucción del símbolo de estas virtudes.

Vio asentir a varios hombres, algunos con aprobación, respiró y continuó.

–Espero que lo que voy a enseñarles hoy no solo les haga recordar las raíces del club, sino que también los ayude a mirar hacia un futuro construido sobre lo ya celebrado y existente aquí.

Daniel hizo un gesto a Abigail. Las luces se apagaron y le dio a un botón del ordenador para que una imagen en tres dimensiones apareciese en la enorme pantalla que habían instalado detrás de él.

–Este proyecto engloba todo lo antiguo, pero también es nuevo.

La imagen en color fue girando y Daniel sonrió al oír varios murmullos de aprobación.

–Se han mantenido las principales salas del club: el comedor, la biblioteca, la sala de conferencias, el cine, el teatro y las instalaciones deportivas, pero cada una de las secciones del mismo representará una de las joyas de la leyenda del soldado texano. La historia de un valiente joven que volvió a casa después de la guerra, con tres piedras preciosas en las alforjas, inspiró a los fundadores de esta organización. La placa del Club de Ganaderos, que ensalza las cualidades de autoridad, justicia y paz conservará su puesto de honor sobre la puerta de entrada.

Dio un par de minutos a su audiencia para que pudiesen ver con detenimiento las imágenes, acompañadas con dibujos a escala, y luego volvió a hablar.

–De acuerdo con la evolución del club en la integración de géneros...

Ignoró los gruñidos.

–Propongo utilizar el espacio semicircular que queda en el hueco cóncavo de cada cuerno, de la manera más adecuada. En uno de ellos se colocará la estatua de un ganadero montado a caballo, acompañado de su mujer, también a caballo. Al otro lado habrá un parque infantil, con cuidador incluido, para que las mujeres que en un futuro formen parte del club puedan dejar a sus hijos jugando mientras ellas hacen negocios.

Esto último hizo que algunos miembros se inquietasen todavía más y que otros lo mirasen con interés. Él miró a Abigail, que le guiñó un ojo. Aunque dado que casi no había luz, no sabía si se habría puesto pálida al escuchar sus ideas.

Bradford Price, que había guardado silencio hasta entonces, dio un paso al frente.

–Con el debido respeto, señor Warren, debe de estar usted tomándonos el pelo.

Con una sonrisa de medio lado y gesto exasperado, Price miró a su alrededor para recibir apoyos. Varios hombres se acercaron a él, que continuó hablando en voz más alta.

–El Club de Ganaderos de Texas tiene una historia. Hay que admitir que, teniendo en cuenta que no la conoce mucho, ha hecho un trabajo medio decente, señor Warren. Aquí apoyamos a nuestra ciudad y, cuando las circunstancias son propicias, a aquellos necesitados incluso más allá de nuestras fronteras. Autoridad. Justicia. Paz –dijo, como un abogado dirigiéndose al jurado–. Somos hombres de espíritu comunitario. O, mejor dicho –se corrigió, mirando a Abigail–, personas. Pero, amigos, este no es un lugar en el que dejar a los niños. Es un lugar en el que reunirse y...

Bradford dejó de hablar y su expresión fue de curiosidad al escuchar un ruido poco común en aquel lugar y, al mismo tiempo, muy oportuno dado su discurso. En algún lugar cercano a aquella habitación lloraba un niño cada vez con más fuerza. Los miembros del club se miraron sorprendidos. Daniel oyó frases como:

–El llanto viene del exterior.

–¿Dónde estará la madre?

–¿Puede asomarse alguien a ver qué está pasando?

Las luces se encendieron y un hombre con bigote, que acababa de salir, volvió a entrar.

–Es un bebé –anunció–. Han abandonado a un bebé en una cesta delante de la puerta del club. Al parecer, hay una nota.

Daniel tuvo que retroceder para que los miembros fuesen saliendo por la puerta. Buscó a Abigail con la mirada, pero también se había marchado. Sí vio a Bradford, que, de repente, se había quedado pálido.

A Daniel casi se le había olvidado aquella conversación que había escuchado semanas antes. En esos momentos recordó dos palabras en particular.

Bebé y chantaje.

¡Era maravilloso tener esperanza! Por pequeña que fuese.

Después de que Chad la hubiese sorprendido con aquella increíble información, Elizabeth se había subido a su Cobra de un salto y había corrido a estar al lado de Daniel cuando presentase su proyecto.

Sabía que este no creía en la familia. Y, teniendo en cuenta su pasado, no lo podía culpar. Era normal que le preocupase casarse, formar una familia, y que el matrimonio terminase en divorcio. Si, además, era con ella con quien se casaba, era muy probable que a su hijo le pasase como le había ocurrido a él de niño, que tuviese que viajar con frecuencia de un estado a otro.

Pero tal vez el documento que Chad le había dado le hiciese cambiar de idea. Elizabeth no esperaba que Daniel le diese las gracias, se arrodillase y le pidiese que se casase con él, pero se preguntaba si le importaría lo suficiente como para, por lo menos, escuchar lo que le tenía que decir.

Elizabeth había empezado a enamorarse de él en la isla. Y había tenido la esperanza de que esos sentimientos menguasen con la distancia, pero no habían hecho más que aumentar. Durante los últimos días, se había pasado las noches en vela, pensando en lo que podía haber sido. Por mucho que intentaba no darle vueltas al tema, no podía cambiar la verdad.

Estaba enamorada de Daniel Warren.

Y el amor era algo poderoso, testarudo.

Elizabeth miró hacia el asiento del copiloto y sonrió hasta que le dolió el corazón. Tal vez el contenido del sobre no fuese la respuesta a todos sus problemas y los de Daniel, pero al menos sabía que tenía una posibilidad.

Volvió a clavar la vista en la carretera justo

cuando aparecía el cartel que señalaba el desvío del club. Dio el intermitente, pero frunció el ceño al ver lo que tenía delante. ¿Acaso había ido toda la ciudad a ver qué decisión tomaban los miembros acerca de la reforma del club? Había camionetas, lujosos coches y hasta un par de camiones. El atasco era tal, que tardó media hora más en llegar al club.

Era probable que Daniel ya se hubiese ido.

Tomó la carretera del club y redujo la velocidad, recordándose que podía llamarlo por teléfono o incluso ir a verlo, pero esa opción la incomodó. Los texanos eran conocidos por ser personas orgullosas y ella también lo era. Podía pasarse por el club con el pretexto de apoyarlo, podía mencionarle el contenido del sobre y ver qué pasaba a continuación. Si él le sonreía cordialmente, le decía que se alegraba por ella y se marchaba, sería un golpe, pero podía soportarlo. Si lo llamaba o, aún peor, si aparecía en Nueva York, en la puerta de su casa, y él la rechazaba, no podría vivir con la vergüenza.

Tomó aire y agarró el volante con fuerza mientras el coche se detenía. Solo quería verlo. Pasase lo que pasase.

Oyó derrapar a un coche y miró por el retrovisor. Era un coche rojo que estaba a punto de chocar con todas sus fuerzas contra el de ella.

***

171

Daniel había seguido al resto del grupo hasta una puerta cercana. En esos momentos, un muro de curiosos le impedía ver, pero el sonido era inconfundible. Era un bebé llorando, pidiendo atención y cuidados. Y él no era experto en esos temas, pero parecía un recién nacido.

Miró hacia el cielo. Cualquiera habría dicho que tenía a alguien de su lado que había querido dejar claro que aquel lugar tenía que ocuparse más de las preocupaciones familiares.

Había querido buscar algo importante para ocupar los semicírculos exteriores. Y al ver lo unida que Elizabeth estaba a su tierra, sabiendo cómo había ayudado a muchas familias, le había parecido un buen momento para dar el paso de incorporar un parque infantil para futuros miembros femeninos y sus hijos.

Sobre todo, había comprendido que Royal era una ciudad en la que los habitantes se preocupaban los unos de los otros. Y el club era una institución famosa por defender a aquellos que no podían defenderse solos. Tal y como él veía las cosas, o aceptaban sus ideas, o lo echaban de la ciudad.

Pero la llegada de aquel bebé le había quitado todo el protagonismo.

Se estiró para mirar por encima de las cabezas y entre los hombros y vio lo pequeño que era. Muy rico y con unos buenos pulmones, lo que era señal de buena salud, decían. Porque él no sabía nada de bebés. Ni lo sabría nunca. Pero alguien era responsable de aquel.

Un hombre tomó la nota que había en el cesto y puso cara de que se iba a acabar el mundo. Luego le dio el papel a Bradford Price.

–Es para ti –le dijo–. La nota y el bebé. Dice que es tuyo, Brad. Ha llegado el momento de que hagas frente a tus responsabilidades.

Abigail se había acercado a Daniel.

Price tomó la nota con mano temblorosa y luego miró al niño con incredulidad.

Daniel se frotó la mandíbula. Y la gente pensaba que Nueva York era una ciudad llena de escándalos. Brad seguía sin moverse. Era evidente que aquello no iba a beneficiarlo para las elecciones, aunque pudiese demostrar que aquel bebé abandonado no era suyo.

–Me parece que tu oponente lo va a tener difícil para ponerse al frente de este barco –le dijo a Abigail al oído.

Esta tenía las mejillas rojas.

–No creo que podamos volver a convocar la reunión de hoy para dentro de poco –contestó–. Lo siento, Daniel.

–Llámame cuando puedas hablar –le contestó él–. ¿Estás bien?

–Solo me pregunto qué hay detrás de todo esto –le contestó, antes de abrirse paso entre los hombres–. Alguien tiene que atender a ese bebé.

Daniel se apartó y miró hacia el aparcamiento, donde estaba su coche de alquiler. Le dejaría una copia de la presentación a Abigail y se marcharía.

Fue a dejar el disco y a recoger su ordenador, y luego a por el coche, pensando en Elizabeth. Estaba muy cerca de allí, pero no podía ir a verla. ¿Sabría de su presencia en Royal? Al parecer, su secretaria había recibido una llamada en la que le habían preguntado cuándo iba a hacer el viaje, pero se trataba de un hombre que había colgado sin dejar su nombre.

¿Tal vez alguien del club? El caso era que no había sido Elizabeth. Y si ella era capaz de mantener las distancias, él también.

Se estaba sentando detrás del volante cuando oyó un estruendo. Sobresaltado, se incorporó y miró a su alrededor. La carretera estaba llena de coches. Más allá, donde estaba el desvío, había humo. No tardó en oler a neumáticos quemados. Se estremeció. Quien se hubiese llevado el golpe pasaría la noche en el hospital. Con un poco de suerte.

Se metió en el coche, sabiendo que la policía no tardaría en llegar, y arrancó el motor. Ya estaba en la carretera cuando oyó una sirena a lo lejos. Vio que se acercaba gente al accidente. Él hacía más de una década que no tenía ninguno, si no contaba el golpe que le había dado Elizabeth al dar marcha atrás.

Se acercó a la escena del accidente y sintió un escalofrío al reconocer un coche aplastado entre otros dos. Un caro coche deportivo.

Un Cobra.

No apagó el motor. Salió corriendo por la carreta sin pensarlo. Ya había tres policías al lado del accidente. Los médicos de una ambulancia conducían una camilla hacia el vehículo. El cuerpo estaba tapado con una manta. La cabeza de la persona herida estaba girada, por lo que no podía verle la cara. Solo podía ver una melena rubia acariciada por el viento.

Gritó y echó a correr, pero dos policías lo sujetaron y le hicieron retroceder. Daniel no podía hablar. Tardó varios segundos en encontrar la voz.

—Conozco a esa mujer.

El oficial asintió.

—Es una ciudad pequeña, señor. Quédese aquí y deje que se ocupen de ella.

Daniel volvió a gritar.

—No lo entiende.

El policía lo miró de arriba abajo.

—¿Es su marido?

Daniel tragó saliva, de repente, tenía la garganta muy seca.

—No —admitió—. No estamos casados.

—Entonces, tendrá que apartarse.

Daniel retrocedió y se quedó inmóvil mientras la ambulancia se alejaba con la sirena encendida, llevándosela a…

¿Cuál era el hospital más cercano?

Volvió a acercarse al policía y le preguntó:

—¿Adónde se la llevan?

—Al Royal Memorial —respondió este—. Si su estado es crítico, tendrán que llevarla a otro.

Daniel se apoyó en un árbol y todos los maravillosos momentos que había pasado con ella le bombardearon el cerebro. ¿Estaría grave? ¿Sobreviviría?

Se puso a sudar y no pudo contener las náuseas.

Tenía que ir al hospital.

Tenía que llegar lo antes posible.

Capítulo Catorce

Unos sonidos sordos, desconocidos, empezaron a filtrarse en los oídos de Elizabeth. Una voz. El pitido de una máquina. El chirrido de unas pequeñas ruedas alejándose. Ladeó la cabeza y notó un fuerte dolor en el lado derecho. Le dolía el cuello. Y el pecho. Y unos extraños olores estaban empezando a invadir sus sentidos.

¿Olor a antiséptico?

A sábanas limpias.

Poco a poco, su cerebro empezó a funcionar. Había ocurrido algo importante. Solo tenía que concentrarse y pensar...

La siguiente vez que oyó voces, máquinas, se sintió menos pesada. Menos dolorida. Aunque más consciente de sí misma y de dónde estaba. O dónde debía de estar.

Aturdida, se obligó a abrir los ojos y respiró varias veces.

Estaba tumbada en la cama de un hospital privado, posiblemente el Royal Memorial. Y ya recordaba el motivo.

Había ido a ver a Daniel para darle una noticia importante. De camino al club, se había metido en un atasco. Entonces había oído un frenazo. Después de la colisión, una ambulancia la había llegado al hospital. La había examinado un médico, que le había hecho preguntas sencillas: su nombre, dónde vivía. Había pedido que le hiciesen pruebas y le habían dado medicación para el dolor, que la había ayudado a relajarse y dormir.

Gimió y volvió a cerrar los ojos.

El accidente no había sido culpa suya. No podía haber hecho nada para evitarlo. Sinceramente, había otra cosa que le preocupaba más. No sabía cuánto tiempo había pasado, pero estaba segura de que Daniel se había marchado de Royal.

Miró a su alrededor.

¿Cuánto tiempo llevaría allí?

—Está despierta —susurró una voz.

Un rostro muy querido, maravilloso, apareció ante ella.

—¿Cómo te encuentras, chiquita?

Elizabeth movió los brazos, las piernas y la cabeza. Estaba dolorida.

—Me duele un poco el cuello.

—¿Recuerdas lo que pasó?

—Casi todo. No fue culpa mía.

Nita sonrió.

—Eso da igual. Tienes algunos hematomas y un traumatismo cervical. Gracias a Dios, nada grave.

–¿Cuánto tiempo llevo aquí?

–Unas horas.

–¿Y he estado todo el tiempo dormida? –preguntó con el ceño fruncido.

–Descansando. Todavía necesitas descansar.

–Iba al club…

–Pues no sabes lo que te has perdido. Ya se habla de ello en toda la ciudad. La reunión se vio interrumpida por un visitante inesperado.

–¿Quién?

–Un bebé al que alguien abandonó a la puerta del club. Con una nota que decía que Bradford Price era el padre.

Elizabeth intentó procesar la información. Si Brad era el padre, ¿quién era madre? ¿Sería cierto? ¿Qué efecto tendría la noticia en las elecciones?

¿Y cómo afectaría todo a Daniel?

Perdida en sus pensamientos, estudió la habitación. Grande. Limpia. Blanca. Cerca de la ventana había un bonito ramo de flores. Se le aceleró el pulso, sonrió e intentó ponerse recta, pero le dolió el cuello.

–¿Y esas flores? ¿De quién son?

–Te enseñaré la tarjeta –le dijo Nita.

Elizabeth leyó la nota.

–De Chad.

–Ha estado aquí todo el tiempo.

Ella levantó la mirada perdida al techo.

–No tenía por qué haberse molestado.

–No puedes impedir que alguien se preocupe

por ti, aunque no sientas lo mismo que él –le dijo Nita, tomándole la mano–, pero ¿recuerdas lo que me dijiste ayer antes de marcharte?

Elizabeth hizo un esfuerzo por recordar.

–Que Chad me había contado que Daniel estaría en Royal poco tiempo, y se había ofrecido a llevarme al club a verlo.

–Chadwick es un hombre al que le gusta tener el control, pero eso no lo convierte en un mal hombre.

Elizabeth recordó el sobre y sonrió.

–Tienes razón –dijo, dándole la mano a Nita–. Siempre la tienes.

Este se echó a reír.

–Me alegro de que estemos de acuerdo.

Una enfermera entró para darle unas pastillas y le dijo que la avisase si necesitaba algo. Luego, las dejó solas.

De repente, Nita se había puesto seria.

–Beth, ¿tienes fuerzas suficientes para recibir una visita? Es alguien que quiere darte las gracias.

–¿La mujer de la casa de acogida? –preguntó ella.

Nita giró la cabeza e hizo un gesto a la persona que esperaba detrás de ella.

La puerta se abrió por completo y apareció Daniel en la habitación.

A Elizabeth se le hizo un nudo de emoción en la garganta y la piel se le puso de gallina.

Estaba todavía más guapo de lo que lo recordaba. Más alto. Más sexy. Pero sus ojos eran los mismos. Unas pozas verdes en las que deseaba sumergirse para siempre.

Pero, mientas se acercaba a ella, Elizabeth intentó tranquilizarse. Daniel era un caballero. Era normal que hubiese ido a verla antes de volver a Nueva York. Eso no significaba que hubiese cambiado de opinión con respecto a lo suyo.

—Estaré fuera —dijo Nita, dándole una palmadita en el brazo.

Con los ojos húmedos, Elizabeth la vio salir de la habitación.

Daniel se acercó a la cama y la invadió con su olor.

—Tu coche va a tener que estar unos días en el taller —comentó.

Y, entonces, a pesar de la avalancha de emociones, Elizabeth se acordó de los demás conductores.

—¿Alguien más ha resultado herido?

Él se sentó en el borde de la cama.

—Nadie de gravedad. Al parecer, el tipo que te envistió estaba enviando un mensaje de texto y no le dio tiempo a frenar. Su coche ha quedado para la chatarra.

—Los coches se pueden reemplazar.

—Eso mismo me decía yo —contestó Daniel, tomándole la mano.

—¿Cuándo tienes que volver a Nueva York? —le preguntó ella.

—Me esperaban ayer —contestó él.

Y todas las esperanzas de Elizabeth se vinieron abajo.

Daniel no la quería.

¿Qué más daban las noticias que todavía tenía que contarle?

Decepcionada, apartó la mano de la suya.

Él se levantó y fue hacia la ventana.

—No me alegro de tu accidente –empezó–, pero me alegro de que hayamos tenido la oportunidad de volver a vernos.

Elizabeth apretó los labios.

—Si tienes que marcharte –le dijo–, no te entretengas más por mí.

Él se quedó en silencio unos segundos.

—¿Estás cómoda? –le preguntó después.

—No me importaría estar un poco más incorporada –admitió ella.

—Dime si te duele y pararé.

Elizabeth deseó contestarle que sí, que le dolía. Que parase.

Que se marchase.

Pero Daniel tomó el mando que subía el colchón y lo subió.

—Ya está, gracias –le dijo ella.

Él la miró de los pies a la cabeza detenidamente varias veces.

—¿Quieres marearme?

Daniel clavó por fin la vista en sus ojos.

—Elizabeth, llevo veinticuatro horas pensando. En mi pasado. En mis padres. Y, sobre todo, en ti.

–Daniel, de verdad, no tienes motivos para preocuparte...

–No pensaba en el accidente –la interrumpió él–. O no solo en eso.

–Continúa –le pidió ella con curiosidad.

–La mansión de mi padre lleva generaciones en la familia –le contó él–. Yo nunca he querido saber nada de sus sombríos retratos y oscuros pasillos. Ni con líos de tierras.

Cerró los ojos, se frotó la frente.

–Yo tampoco querría saber nada de eso si fuese tú –admitió Elizabeth–. Salvo...

–Te estás preguntado si he ido alguna vez a ver la tumba de mi hermano. La respuesta es no. Y necesito hacerlo. Después de verte marchar en esa ambulancia, después de estar ahí fuera sentado tantas horas, he empezado a ver las cosas con claridad.

Se puso a pasear por la habitación y se detuvo bruscamente junto a la cama.

–Tenías razón, estoy huyendo. No quería enfrentarme a unos recuerdos que me enfurecen. Que me hacen sentirme tan impotente.

Dijo aquella última palabra con tanta tristeza que Elizabeth deseó abrazarlo y susurrarle al oído que de todo eso había pasado mucho tiempo.

–Tú mismo dijiste que ya eras un adulto –le recordó en su lugar.

–Tal vez sea un adulto, pero no estoy seguro de haber actuado con mucha madurez. Huí a un lugar en el que no tenía que enfrentarme a las cosas a las que, en ocasiones, tienen que enfrentarse los adultos. Ni siquiera tengo mi propio piso en Manhattan. Suelo cambiar de tiempo en tiempo –admitió él–. Lo más cerca que me he sentido nunca de casa ha sido contigo, en la isla.

Elizabeth se quedó en silencio, asombrada por lo que acababa de oír.

–Lo que estoy intentando decirte, Elizabeth, es que unas paredes y un techo no hacen un hogar. Es la persona, o las personas, con las que estás.

A ella se le hizo un nudo en la garganta y una lágrima caliente le rodó por el rostro.

–Estoy de acuerdo –consiguió decirle.

Él la agarró del brazo y se acercó mucho a ella.

–En el norte tengo muchos amigos. Muchos colegas de trabajo, conocidos. Me encantan Broadway y Central Park. Me encantan Chinatown y los restaurantes, y saber que vivo en la ciudad más maravillosa del mundo, pero a ti te quiero más. Infinitamente más.

Elizabeth estaba llorando en silencio. Había soñado con aquel momento, pero su imaginación no se había tan siquiera acercado a la profundidad de las palabras de Daniel.

¿La quería?

Lo abrazó.

Luego lo soltó, tragó saliva y se volvió a tumbar sobre la almohada.

–Yo también tengo algo que decirte.

Él levantó una mano.

–Por favor, Elizabeth, déjame terminar –le pidió–. Voy a dejar Nueva York...

–¿Dejarías tu empresa?

–Dejaré a Rand a cargo de ella. Puedo abrir un estudio nuevo aquí. Siempre he querido tener varios por todo el mundo y este puede ser el comienzo.

–Por todo el mundo...

–No te preocupes. No me iré a ninguna parte sin ti. Y tú puedes marcharte de aquí dos meses al año. En dos meses se pueden hacer muchas cosas.

–¿Es esto lo que creo que es?

Él la miró fijamente a los ojos.

–Quiero casarme contigo. Y estoy seguro de que nos irá bien.

A Elizabeth se le volvieron a llenar los ojos de lágrimas.

–¿Dejarías tu vida por mí?

–Quiero empezar a vivir contigo.

Ella deseó abrazarlo, besarlo y decirle que lo quería también, pero no podía.

–Antes de contestarte, tengo que contarte algo.

Él frunció el ceño un instante.

–Dispara.

–Chad vino a verme ayer. Me contó que según el testamento de mis padres, tenía que estar en Royal diez meses al año, hasta que cumpliese los treinta, sí, pero solo salvo que él estuviese convencido de que me beneficiaba más no aplicar esa cláusula.

Daniel sacudió la cabeza, no lo entendía.

Ella se echó a reír.

—Me dijo que sabía que quería quedarme en el rancho, pero que las limitaciones del testamento me estaban haciendo sufrir, y que había decidido quitarme ese lastre en nombre de mis padres.

—Me encantaría tomarte en brazos y sacarte de aquí, pero apuesto a que el médico quiere que te quedes otra noche más en observación.

—Aun así, podemos besarnos.

—Eso depende —le dijo Daniel.

—¿De qué?

—Todavía no me has dado una respuesta.

Daniel se inclinó y la besó. Y ella pensó que aquel era el mejor día de su vida.

—Ya puedes responder —le dijo él—. Siempre y cuando vayas a decirme que sí.

Ella rio de nuevo.

—En ese caso, sí.

Él sonrió y le dio otro beso.

—Casi se me olvida. Tengo algo para ti.

Se apartó y volvió un segundo después.

Elizabeth lo miró asombrada.

—¿Me has traído un cuadro?

—Me he acordado de lo mucho que deseabas tener los nenúfares —le contestó, enseñándole el cuadro.

–¿Me has comprado un Monet?

Elizabeth vio entonces el cuadro y se echó a reír. Era evidente que era la obra de un aficionado.

Un aficionado con muy poco talento.

–Daniel, ¿lo has pintado tú?

–Sí, mientras dormías. Ahora me doy cuenta de que tenía que haber empleado el tiempo en comprar el anillo perfecto.

Ella pensó que le iba a estallar el corazón de pasión y amor, y le hizo un gesto para que se acercase.

–No quiero diamantes –le dijo.

–¿Ni siquiera un anillo? Tenía entendido que son necesarios, sobre todo, cuando nace el primer hijo.

–¿Quieres tener hijos? –le preguntó ella sorprendida.

–Por lo menos un par de ellos. Tres o cuatro. Y quiero que conozcan a sus abuelos. Deberíamos hacerlo todo bien.

Ella sonrió.

–Te quiero, Daniel. Te quiero todavía más de lo que pensaba.

Él le limpió una lágrima del rostro.

–Nos haremos viejos juntos –le dijo él–, aunque ya te saque ventaja.

–¿Crees que eso importará cuando seamos dos octogenarios en sillas de ruedas, rodeados de nietos?

–Lo único que importa es esto, mi amor.

Cuando volvió a besarla, Elizabeth deseó suspirar y decirle que estaba de acuerdo. Estar juntos era lo único que importaba.

En el Deseo titulado
Irresistible tentación, de Brenda Jackson
podrás continuar la serie
CATTLEMAN'S CLUB